Rolf Wohlgemuth

Beobachtungen

Geist-reiche Kurzgeschichten

Umschlag & Satz: Erik Kinting / www.buchlektorat.net

Verlag: tredition GmbH, Hamburg
ISBN: 978-3-7323-4672-1 (Paperback)
ISBN:978-3-7323-4673-8 (Hardcover)
Printed in Germany

Bibliografische Information der Deutschen Nationalbibliothek:
Die Deutsche Nationalbibliothek verzeichnet diese Publikation
in der Deutschen Nationalbibliografie; detaillierte bibliografische Daten sind im Internet über http://dnb.d-nb.de abrufbar.

Inhaltsverzeichnis

Vorwort

Erwarten Sie bitte keinen Roman, keine zusammenhängende Story. Noch nicht einmal einen roten Faden werden Sie in dem Buch erkennen.

Spannend soll die Vielfalt sein, die Abwechslung von Themen und Stilformen, unterschiedlichen Inhalten und Seitenumfang der Geschichten.

Es ist eine Aneinanderreihung von insgesamt 58 Kurzgeschichten bzw. Gedichten. Die Klammer ist der Autor, seine Erlebnisse, Beobachtungen, seine Sicht der Dinge, seine Gefühle, Erwartungen und Einschätzungen. Natürlich ist es keine Bibliografie, trägt aber zwangsläufig Züge davon.

Alles ist mitten aus dem Leben, nichts fantasiert oder künstlich dramatisiert. Den Kurzgeschichten gemein soll der Humor – oder zumindest eine Süffisanz sein. Das Leben muss mitunter zwar kritisch betrachtet werden, aber nie bleischwer, tieftraurig oder pessimistisch.

Es gab nie einen Gesamtplan für dieses Buch; vielmehr wurden im Laufe der letzten 10 bis 20 Jahre die eine und andere Kurzgeschichte, meist aus gegebenem Anlass, verfasst. Motivation war meine Freude am Schreiben. Die nähere Verwandtschaft und Freunde wurden damit auch bedient. Einige haben mich dann ermutigt, das Schreiben derartiger Kurzgeschichten fortzusetzen. Anlässlich meines 70-jährigen Geburtstages kam mir die Idee, die Kurzgeschichten in einem Buch zusammenzufassen.

Ich weiß, die Welt ist voller Bücher. Nun wird auch noch ein weiteres Buch hinzugefügt, das sicherlich nicht „von der Welt" benötigt wird. Wenn es einzelnen Lesern gefällt, ist mein Ziel schon erreicht. Die Hürde, dass es mir gefallen muss, hat es bereits genommen. Vielleicht erkennt sich der Eine oder Andere in den Kurzgeschichten wieder; vielleicht entstehen hieraus Anregungen oder Gedanken, die einem nutzen könnten – dann wäre mein Anspruch an das Buch schon erfüllt.

Danken möchte ich meiner Familie, insbesondere meiner Frau, die mich hierzu motivierte, und meiner Tochter Katja, die mich an vielen Stellen unterstützte. Meine Tochter Simone hat sich bei dem Titelbild engagiert. Besonderer Dank gilt meinem Schwager Jürgen Soffner, der sich der Last unterworfen hat, die Manuskripte durchzulesen, und mir viele Verbesserungsvorschläge unterbreitet hatte. Weitere Personen, die ich nicht namentlich erwähne, sollen sich ebenfalls bedankt fühlen.

Sicherlich gibt es noch eine Reihe von Fehlern und Schwächen, die natürlich auf mein Konto gehen.

Viel Spaß beim Lesen!

Nachdenkliches

Mit meiner zeitlich ersten Geschichte möchte ich starten. Auf dem Weg zur Arbeit sah ich einen kleinen Vogel auf der Straße und konnte es nicht vergessen. Ich nutzte das Diktiergerät auf dem Beifahrersitz und diktierte den Text. Ebenfalls unterwegs beschäftigten mich zwei Phänomene: Wie begegnen sich Menschen, wenn sie aufeinandertreffen, und wie und wann winken sie sich zu – also Alltagsgeschehnisse, über die nachgedacht wurden.

Zum Nachdenken laden auch die kleinen Gedichte ein: wie ein schlichter Wassertropfen auf einen wirkt, wie man einen Maulwurf (oder ein Schicksal) negativ und positiv sehen kann, wie man sich auf verschiedene Situationen und Menschen einstellen und wie man in seinem Leben wild hin- und hergerissen sein kann, der Streit zwischen Herz und Verstand.

Verpasst

Freitag 7.25h: Routinefahrt zur Arbeit, Gedanken wandern von einem Thema zum anderen, wo bin ich schon? Ach, bald geht es auf die Autobahn.

Da, wie ein gemaltes Bild hat es sich mir eingeprägt. Viel Verkehr, vor mir Autos, hinter mir Autos, Autos kommen entgegen – alle circa 60-70 km/h, grauer Morgen, Fahrer ohne Gesichter. Da, mitten auf der Straße, genau auf dem Mittelstreifen ein kleiner Vogel; kenne mich zu wenig aus, um zu sagen, welche Art, schüchtern, ängstlich, fast hoffnungslos. Autos, Krach, Geschwindigkeit rechts und links, vorne und hinten, er ist überfordert – vielleicht, weil er zu jung oder verletzt ist – nicht auszumachen bei dem Tempo.
Blick nach links – ein kleiner Junge auf dem Schulweg, Tornister um, steht entsetzt am Rande des Bürgersteigs, erkennt die Lage des Vögelchens, sieht die Aussichtslosigkeit seiner Lage, stampft von einem Fuß auf den anderen, leidet mit dem Vogel, fühlt sich wie ein ohnmächtiger Kamerad.
Dies waren nur Sekunden. Soll ich anhalten? Hinter mir Autos, rechts am Straßenrand kein Platz zum Halten, bestimmt auch Park- und Halteverbot. Aber ich könnte doch … Chance schon vorbei.

Schlechtes Gewissen, schon wieder eine Gelegenheit vertan. Vielleicht war der kleine Junge mutiger oder nicht so sehr darauf bedacht, schnell weiterzukommen. Jetzt links einordnen. Autobahn. Wieder Gedanken auf Arbeitsprobleme fixiert. Routine. Alltag …

Begegnungen

Wenn sich zwei Menschen begegnen … nein, jetzt kommt keine Lovestory – es ist viel banaler und alltäglicher. Ganz einfach: Man kommt sich als Person entgegen oder geht aufeinander zu. Wie verhalten sich dann die Menschen und zwar durch ihr Tun, ihre Körpersprache und ihre "Sprech-Sprache"? Wie ist die „Grußkultur"?

Nehmen wir zunächst zwei Fußgänger, die aufeinander zugehen. Ihr Verhalten hängt weniger von ihrer Erziehung oder ihrem Charakter ab, sondern vielmehr von der Umgebungssituation oder wie oft man sich begegnet. Zwei Wanderer im Wald begrüßen sich freundlich, soweit nicht noch weitere Menschen in der näheren Umgebung hinzukommen. Es muss also ein "seltenes Ereignis" sein, wenn man sein Gegenüber wie einen "Mit-Menschen" anspricht. Undenkbar ist, dass man auf der "Hohe Straße" in Köln die Passanten begrüßt oder anspricht – selbst dem extrovertiertesten Rheinländer fällt dies nicht ein.

Auch wenn das mit dem Begrüßen klar ist, gibt es erhebliche Unterschiede in der Art und Weise. Ab welcher Distanz schaut man die Leute an und erhebt die Stimme? Wer grüßt zuerst? Der Ältere, der Schnellere, der Extrovertierte, der Mann oder die Frau. Alles Fragen, denen sich Verhaltensforscher annehmen könnten. Das interessanteste Objekt (oder besser Subjekt) dabei wäre jedoch der „Nichtgrüßer". Er guckt schon lange vorher in die Landschaft oder in sich hinein, fummelt an seiner Kleidung oder seinem Rucksack herum oder intensiviert das Gespräch mit seinem Mitgeher. Selten schafft einer das Kunststück, jemanden anzusehen und doch nicht zu grüßen. Sportliche Genugtuung erfährt man, wenn man einem "Nichtgrüßer" das Grüßen durch sein eigenes lautes Grüßen abgenötigt hat. Nur die Härtesten oder die mit einer angeborenen Ignoranz widerstehen dann einem Gruß.

Nicht weniger interessant ist das Grußwort. Richtet man sich an der Landessitte des "Tatortes" aus oder sagt man das gewohnte Grußwort auf? Schon national scheiden sich die Geister an der Main-Linie, im Ausland ist dies noch viel komplizierter, wobei der Trend zum schlichten "hi" wohl mittlerweile unvermeidbar ist.

Nun wollen wir die nächste Stufe erklimmen. Es begegnen sich zwei Autos, besser zwei Autofahrer. Natürlich kann von einer echten Begegnung nur gesprochen werden, wenn man sich auf einer Engpassstelle trifft, auf einer mehrspurigen Autobahn findet keine Begegnung mehr statt. Die Engpassstelle schafft eine Konkurrenzsituation mit folgenden Möglichkeiten:

- Falls eine Chance besteht, noch schnell die Stelle zu passieren, wird die "Begegnung" vermieden.

- Bei der zögerlichen Variante wägen beide lange ab: Sind wir am Berg, ist das Engpasshindernis auf meiner Seite, handelt es sich um einen betagten Fahrer oder eine ältere/nette Dame? Schwierig ist es dann wieder, wenn der Abwägungsprozess bei beiden Fahrern genau gleich lang dauert und beide zu dem gleichen Schluss kommen.

- Der Stärkere, der Dreistere, der Risikomensch prescht vor. Er hat das dickere Auto, die unbekümmerte Frechheit der Jugend oder die Machtfülle des Etablierten. Er wägt gar nicht ab und unterstellt natürlich, dass das Gegenüber sich umgekehrt verhält. Der "Unterlegene" wird mit einem huldvollen und lässigen Handzeichen getröstet.

- Zuletzt die zurückhaltende, höfliche, kommunikative Variante. Ein einladendes Handzeichen signalisiert, dass der Andere Vorfahrt nehmen soll, bitte sehr. Nun ist es zwar von hohem moralischen Wert, wenn der Andere eine ebenso tugendhafte Haltung an den Tag legt, das Verkehrsproblem wird jedoch nicht gelöst. Das Weltbild wäre zwar wieder in Ordnung; beide stünden sich aber noch lange gegenüber.

Begegnungen sind Alltag und allgegenwärtig; gleichwohl kommt keine Routine auf. Das liegt wohl daran, dass fast keine Begegnungssituation der anderen gleicht. Begegnungen sind das Leben, sie sind das kleine oder große Glück oder das kleine oder große Ärgernis.

Winken

Anderen zuzuwinken, ist ein äußerst komplexer sozialer, gesellschaftlicher Vorgang, den niemand in der Schule lernt, aber doch beherrscht. Und zwar über alle Länder, über alle Geschlechter, über alle Religionen, über alle soziologischen Schichten und Berufe hinweg. Sogar der Bildungsstand ist unbedeutend.

Wann winken sich Menschen zu? Welche Voraussetzungen müssen gegeben sein? Wo winken Menschen? Auf Schiffen, von Brücken, vom Ufer, von anderen Schiffen, auf Zügen, auf Bahnsteigen, auf der Fahrt, im Auto auf der Autobahn.

Menschen winken sich zu, wenn sie sich freuen, wenn sie gutgelaunt sind. Aber nur dann, wenn der Andere nicht zu einem kommen kann, wenn man gewiss ist, dass man sich wohl nicht mehr oder lange nicht mehr sehen wird. Es ist das Glück des Moments, die Gelegenheit, sich mit anderen Menschen solidarisch zu erklären, die Chance, sich freundlich zu zeigen. Schlechtgelaunte oder unsolidarische Leute winken nicht, noch nicht einmal zurück; sie gucken in eine andere Richtung und sehen das Zuwinken als albern an. Winken entlarvt den Menschentyp.

Technisch gesehen verlangt Winken eine gewisse Geschwindigkeit, eher langsam als schnell. Winkt man schnell, so wird der Andere irritiert, es könnte ein Hilfeersuchen sein, etwas stimmt nicht. Winkt man zu langsam, denken die Anderen, man macht sich locker oder turnt im Freien.

Diese Regeln müssen beachtet werden. Stellen Sie sich vor, sie winken jemanden an der Ampel auf der anderen Straßenseite zu. Zunächst wird er sich umdrehen und forschen, wer denn gemeint sein kann. Dann sucht er verzweifelt in seinem Gedächtnis, ob er diese Person kennt. Kennt man ihn nicht, schätzt man den Menschen ein. Nur wenn er oder sie einem sehr sympathisch ist, spricht man ihn oder sie an.

Alles das betrifft das Winken eines normalen Menschen. Nur hochgestellte und royale Persönlichkeiten halten sich beim Winken nicht an die Regeln. Sie winken ihrem Volk huldvoll und zurückhaltend lächelnd zu. Man braucht nur die englische Queen oder den Papst vor Augen zu halten, um sich diese Art von Winken vorzustellen.

Tropfen Wasser

In dieser großen weiten Welt
gibt es auch Kleines, was gefällt.

Ich kann es fast kaum glauben,
es wird meine Schläfrigkeit rauben.

Es ist ja nur ein Tropfen Wasser,
unter einer Gartenstuhl-Stange saß er

Und leuchtete wie ein kleiner Stern;
ich beobachtete es genau und gern.

Es kam vom heftigen Regen;
die Sonne gab ihm dann seinen Segen.

Sie strahlte direkt in den Tropfen hinein,
reflektierte sich im Augenschein.

Er hatte schon eine enorme Leuchtkraft,
blieb dabei auch etwas rätselhaft.

Eine wundervolle Symbiose aus Wasser und Sonne.
Schenkt mir für den Moment Freude und Wonne.

Wasser und Sonne beteiligen uns an ihrer List.
Wir wissen, dass dies sehr vergänglich ist.

Die kleinen Wunder sind der Kern des Lebens.
Auf die großen Wunder warten wir sowieso vergebens.

Maulwurf

Einst war unser Garten eine Pracht,
der Rasen schon als Golfgrün angedacht,
abrupt wurde dieser Stolz beendet,
von Nachbarn wurde er uns gesendet.

Der Maulwurf ist kein beliebtes Tier,
Nichts dagegen, aber warum gerade hier,
wir ärgern uns und gehen auf Pirsch,
mit Spaten und Mut wie ein Hirsch.

Jeden Morgen ein Hoffen und Bangen
Sieh dort! Schon wieder zwischen den Stangen.
Verflucht sollen die Maulwürfe sein,
lasst uns doch endlich wieder allein!

Oder lasst uns wandeln zum Optimist,
tierlieb werden und bewundern ihre List.
Schöne Tiere und gesegnet mit Fleiß,
veredeln den Boden auf Gottes Geheiß.

Erzeugen viel Spannung und Spaß,
valorisieren das langweilige Gras.
Wandern sie ab, hinterlassen sie Leere,
für uns dann wie ein Verlust von Ehre.

Lerne froh zu sein und übernehme die Lehre,
nur die guten Seiten sehen, reicht zur Ehre.
Es könnte alles viel schlimmer werden,
liefen durch den Garten Elefantenherden.

Messe jedes Ding und jede Entwicklung
an den „worst case" und du fühlst Beglückung.

Laut und leise

Zappt man durch das TV-Programm,
bringt es der Sender mal laut oder leise.
So schaltet man, sofern man es kann,
die Fernbedienung auf laut oder leise.

Im Auto schaltet man das Radio an,
Die Musik ist leise, der Verkehrsfunk laut.
Ständig ist man am Schalter dran,
Passt die Lautstärke an, wie man es braucht.

Der Hörgeschädigte hantiert am Apparat.
Er schaltet mal hoch und mal runter.
Nur so hört er alles ganz akkurat.
Ansonsten ginge es drüber und drunter.

So ist man im Leben gut beraten,
die Leute genau zu beobachten.
Den einen muss man laut ertragen.
Dann ist auf Dämpfung zu achten.

Der Andere spricht ganz vorsichtig und leise.
Er geht um den heißen Brei herum.
Auch hier ist man dann ganz weise
und legt den Schalter einfach um.

Dahinter steht des Menschen Fähigkeit,
sich einzustellen auf andere Umstände
Dies verlangt eine eigene Offenheit
Und einen Schlüssel dazu, wenn man ihn fände

Sich in den Anderen hineinzudenken,
Seine Lautstärke steht für seine Art.
Dies bei dem Urteil über ihn bedenken,
anpassen – nicht zu verwechseln mit eigenem Verrat.

Laut oder leise, weich oder hart,
verschlossen oder offen, engstirnig oder tolerant.
Jeder soll betrachtet werden nach seiner Art.
Darauf einzugehen wird anerkannt.

Der Mensch ist ein Individuum.
Gott sei Dank sind wir nicht alle gleich.
Nehmen wir es keinem krumm!
Solche Akzeptanz macht uns ganz reich.

Hin- und hergerissen

Ein kleines Kind liegt in der Wiege,
empfindet nur der Eltern Liebe.
Allmählich erwachen Wunsch und Wille,
es sehnt sich nicht mehr nur nach „kille-kille".
Ein ganz besonderes Kleidchen muss es sein,
zu allem anderen sagt es beharrlich nein
und wenn die Eltern es nicht kapieren,
dann will es auch nicht lamentieren.
es schreit dann heraus nach Herzenslust,
ohne zu achten auf der Eltern Frust.

Hin- und hergerissen zwischen Ich und Du,
das ganze Leben steht mir nur zu
oder muss ich Rücksicht walten lassen
und mein eigenes Ich verlassen?

In der Schule muss ich lernen,
nicht nur Englisch, das mache ich gerne.
Nein, mit Anderen umzugehen,
und nicht einfach nur wegzusehen.
Trete ich für meine Meinung ein
oder muss ich für die Mehrheit sein?

Hin- und hergerissen zwischen Ich und Du,
das ganze Leben steht mir nur zu
oder muss ich Rücksicht walten lassen
und mein eigenes Ich verlassen?

Im Beruf ist es ganz ähnlich.
Zuviel Ehrgeiz erscheint dämlich,
Gegen den Strom ist sicherlich nicht richtig,
eigene Ideen zu haben aber auch wichtig.
Kompromisse zu suchen und zuzuhören,
Brücken aufzubauen oder zu zerstören.
Man ist Individuum und zugleich Teammitglied,
wenn man nur sein Ziel oder das Ganze sieht.

Hin- und hergerissen zwischen Ich und Du,
das ganze Leben steht mir nur zu
oder muss ich Rücksicht walten lassen
und mein eigenes Ich verlassen?

Noch viel mehr gilt es im privaten Bereich,
einen Ausgleich zu finden ist selten leicht.
Den Partner es recht zu machen ist schwierig,
immer sich nur anzupassen ist fast tierisch.
Man will weder Sklave sein noch Herr,
den Mittelweg finden ist schwer.
für Partner und Kinder Verantwortung tragen,
nicht immer Ja und Amen sagen.
Hier wird es deutlich und klar,
Fürsorge und Rücksicht sind fürwahr
die leitenden Prinzipien in dieser Phase,
es geht nicht nur nach der eigenen Nase.

Hin- und hergerissen zwischen Ich und Du,
das ganze Leben steht mir nur zu
oder muss ich Rücksicht walten lassen
Und mein eigenes Ich verlassen?

Sind Berufs- und Kinderzeiten vorbei,
sind einem diese doch nicht einerlei.
Die Neuorientierung fällt jedoch nicht leicht.
Eine neue Arbeitsteilung klappt nur vielleicht.
Zu Kämpfen ist man nicht mehr bereit.
An Wert gewinnt Harmonie und Leichtigkeit.
Die verbleibende Zeit wird mehr geehrt,
was weniger wird, hat schon dadurch höheren Wert.
Es wird mehr in sich hineingehört,
was oder wer tut Dir gut oder was ist verkehrt?

Hin- und hergerissen zwischen Ich und Du.
Jedem steht nur ein einziges Leben zu.
Habe ich im Leben alle Pflichten erfüllt,
Dann die Entscheidung leichter fällt:
Lebe Dein Leben und erkläre es dann allen,
es muss aber vor allem Dir gefallen.
Das Alter hat endlich das Privileg,
den Traum zu leben auf dem restlichen Weg.

Dialogwettstreit zwischen Verstand und Herz

Hört Ihr Leute, lasst Euch sagen,
seit Jahrhunderten hat es sich zugetragen.
Jeder Mensch kennt den ewigen Kampf,
setzt menschliche Wesen ständig unter Dampf.
Das Herz fordert den Verstand zum Duell,
diese Auseinandersetzung bleibt immer aktuell.

Hey, Du Herz, kannst gar nicht logisch denken.
Kein einziges Argument wirst Du mir schenken.
Stell Dir vor, Du dummes Herz, es ist Nacht,
alle Tageslichter sind dann ausgemacht,
nur der Verstand gibt Dir den Rat,
mit einer Lampe schreitest Du zur Tat.

Ach, Du übermütiger Verstand,
Dein ständiges Denken nimmt schnell Überhand.
Wie fühlst Du denn Kälte und Wärme?
Wie empfindest Du Nähe und Ferne?
Wie trittst Du den Menschen gegenüber,
da ist Dein Können schnell vorüber.

Alles kann ich, Verstand, ganz logisch sezieren,
ohne jemals den roten Faden zu verlieren.
Wissen und Erkenntnisse mache ich mir zunutze,
Regeln und Grundsätze sind es, die ich nutze.
Wissen und Erkenntnisse machen mich stark.
Intelligenz und Logik treffen immer ins Mark.

Na und, ein Herz reagiert intuitiv und spontan,
auf sachliche Gründe kommt es ja nicht an.
Wichtig sind ihm Sympathie und Empathie
ein Mensch ist nicht des Anderen Kopie.
Das Herz fühlt Hass und Liebe,
sieht darin mehr als nur Triebe

Der Mensch unterscheidet sich vom Tier
durch Intelligenz und nicht durch Gier.
Gott gab ihm das Gehirn und die Synabsen,
er soll sie keinesfalls verkümmern lassen.
Nur der Verstand kann unbeirrt urteilen,
und nicht nur in Gefühlsduselei verweilen.

Verstand lässt sich leicht durch Computer ersetzen.
Weil Austauschbarkeit, kann man jede Rolle besetzen.
Für alle gibt es die exakt gleiche Wahrheit,
unbestreitbar positiv wirkt dabei die Klarheit.
Lasse Dich lieber von Deiner Vernunft leiten
als mit Gefühlen Dich ins Unheil gleiten.

Ein Herz ist einmalig und individuell,
es vereinigt alle Gefühle blitzschnell.
Das Herz steuert zwar nicht die Glieder,
doch jeder erkennt es immer wieder,
ohne Verstand lässt sich letztlich überleben,
ohne Herz kann man das Leben zurückgeben.

Das letzte Duell gewinnt das Herz,
es geht nicht immer ohne Schmerz.

Nutze jedoch den Verstand als Instrument,
folge aber dem Herzen, wenn es brennt.
Beurteilt am Ende wird nach dem Herzen,
mit Verstand allein versagt man und „bleibt Sitzen".

Beobachtetes

Ich beobachte sehr gerne mein Umfeld und mache mir meinen eigenen Reim daraus.

Als Begleiter beim Einkaufsbummel habe ich des Öfteren in großen und kleinen Bekleidungsgeschäften gestanden oder gesessen. Drei Kurzgeschichten entstanden aus dieser „Ecke". Dem Kölner beim Karneval zuzuschauen, macht viel Spaß. Die Fenstergucker in einem Wohnhaus inspirierten mich zum Vergleich zur heutigen Kommunikationswelt. Von Autos handeln die nächsten beiden Kurzgeschichten.

Das Beobachten und Analysieren sind die Merkmale der Geschichte über einen Vergleich zwischen der Arbeit und meinem Hobby Fußball.

Kauferlebnisse aus Männersicht

Wieder ein Glückstag für einen Mann: Einkaufen gehen in die Stadt mit der Ehefrau/Partnerin. Selten wird das Einkaufsziel verraten; damit kann auch nicht der Erfolg gemessen werden. Braucht man ja auch nicht: Einkaufen gehen ist das Ziel an sich, also der Weg ist das Ziel.

Und der Weg einer Frau führt direkt in die Welt der "Klamotten". Früher war alles gut, logisch sortiert und strukturiert: Männersachen schwer zugänglich ganz oben, die ersten drei Etagen Frauensachen, dann sortiert nach Hosen, Röcken, Jacken, Blusen, Mäntel … Heute hat man Einkaufslandschaften geschaffen. Damit es nicht langweilig wird, hängt alles durcheinander. Sortiermerkmal ist einzig die Marke. Natürlich wissen die Expertinnen, auf welche Kleidungstücke die einzelnen Marken spezialisiert sind. Die Männer irren umher und werden schnell kirre; die Frauen wandeln wie im Paradies.

Ein Sortieren nach Größen findet kaum statt. Macht auch wenig Sinn, da man sich ohnehin nicht auf die Größeneinteilung verlassen kann. Ist es eine italienische oder britische Größe? Und sie fallen je nach Hersteller-Laune sowieso verschieden aus; ein bisschen wie Lotterie. Das lässt manchmal auch die Illusion zu, dass man die gleiche Größe hat wie vor 15 Jahren, zuweilen aber auch die Überzeugung, dass der Hersteller hier irrte. Also muss anprobiert werden, sofern eine Kabine frei ist und die Anzahl der zu probierenden Sachen den kritischen Aufpassern in der Umkleidezone nicht zu hoch erscheint.

Will man beraten oder bedient werden, so muss ein Zeitraum für den Einkauf gewählt werden, den andere potenzielle Käufer meiden. Geht man zu den beliebteren Zeiten, braucht man Glück bzw. Ausdauer, um an Verkäuferinnen oder Verkäufer zu kommen. Dann beginnt der Dialog. Als männlicher Begleiter setzt man sich auf einen gut platzierten Stuhl, tut so, als wenn man die bereitliegende Auto-Motor-Sport liest, in Wirklichkeit aber den Dialogen zuhört und dabei sich seine Gedanken macht.

„Das steht Ihnen aber gut!" Das Aber ist schon eine Frechheit; noch schlimmer ist es, wenn die Verkäuferin überhaupt nicht hingeguckt hat. Gut kommt der Hinweis an, dass man sich darin wohlfühlen muss. Eigentlich ein Selbstgänger, offenbart jedoch eine gewisse Fürsorgepflicht. Hat selbst das Verkaufspersonal das Gefühl, dass das Teil eher altmodisch und omahaft wirkt, fällt der Spruch: „Einfach klassisch und zeitlos!" Überzeugend ist das Argument, dass die Verkäuferin sich das Teil auch selbst gekauft hat und es auch schon oft verkauft hat. Selten kommt dem Käufer dann die Idee, dass viele mit diesen „Klamotten" rumlaufen. Andererseits wird das Kleid auch als das neueste Modell (von der Messe) tituliert, womit sie sich zum Versuchskaninchen machen. Die Gefühlsebene kommt auch immer an: „Das verkaufe ich Ihnen sehr gerne" bedeutet aber eigentlich nur, dass hier die Provision für das Verkaufspersonal stimmt. Besser noch an die weiblichen Ur-Instinkte gerichtet: „Da werden Sie aber darum beneidet!"

Dauert es zu lange mit dem Anprobieren, werden die Toleranzbereiche der Verkäuferin erweitert und ein "passt genau" und "steht Ihnen fabelhaft" geschmettert. Einige arbeiten auch mit

Verkaufsdruck: „Haben Sie ein Glück, noch eins da in Ihrer Größe." Und dann kommt doch – ganz unerwartet – der Preis ins Spiel. Der Standardsatz "ein gutes Preis-Leistungsverhältnis" bedeutet eigentlich nur, dass die Relation stimmt bei der angebotenen Qualität, aber nicht ein hohes Qualitätsniveau. Handelt es sich um einen augenscheinlich hohen Preis, so schafft man die Hürde mit der Bemerkung der Verkäuferin, dass man sich auch mal was gönnen muss.

Die letzte Anmerkung, eigentlich keine richtige Kaufhürde, aber doch wichtig für die Zukunft ist die Frage der Pflege. Hier sind umfassende Kenntnisse der Symbole auf den Etiketten und gute Augen im Nahbereich nötig. Nur die geschulte Verkäuferin findet das entsprechende Label, was die Hersteller gut versteckt haben.

Und nun denkt man als Mann, es ist vollbracht. Mitnichten. Können Sie die Sachen noch zwei Stunden zurücklegen? Ich muss es mir noch überlegen. Jeder der Beteiligten weiß, dass es eine Ausrede ist. Vergleiche mit anderen Geschäften sind zwar eine lobenswerte Pflicht, bevor das Geld ausgegeben wird. Das Gute ist aber oft nicht gut genug; das Bessere ist Feind des Guten; alles kann nachoptimiert werden.

Draußen angekommen gibt es zwei Varianten: Man besinnt sich kurz und geht zurück in den Laden und kauft das Teil. Oder man prüft und prüft, bis das Zeitbudget ausgeschöpft ist. Letzteres empfindet die Frau – im Gegensatz zu den Männern – nicht als Misserfolg, sondern als positives Erlebnis, weil man ja beim nächsten Einkaufsbummel alles wiederholen kann.

Klein gegen Groß

Haben die kleinen Geschäfte eine Chance gegen die Großen?

Das große Kaufhaus für Damenoberbekleidung ist ein Hochsicherheitstrakt. Ein proper gekleideter breitschultriger Mann mit einem dunklen Anzug an der Türe; Ausbuchtungen in Brust und Hüftbereich voll bestückt mit Handy, Schlagstock und Pistole. Alles zu Ihrer Sicherheit! Videokameras, ist ja auch spannend, wer da alles so rein– und rausgeht. Hoffentlich geht die Input- und Output – Rechnung auch auf: Es sollten um 20 h genauso viel rein- wie auch rausgegangen sein. Kontrollschleusen kontrollieren eigentlich die Einpackfrauen an den Kassen, ob sie auch alle riesigen Warensicherungsetiketten abmontiert haben. Alle, die Pech haben, werden beim lauten Tuten an der Ausgangstüre rot vor Scham, sind dann nur noch durch eine tiefenpsychologische Behandlung zu retten. Haben sie die richtige Kundenkarte, kriegen sie diese Therapie natürlich gratis. Es lohnen sich solche Karten also.

Ist man drinnen und hat die Fön-Welle überstanden, drängelt man sich durch die engen Verkaufstische mit den Massenwaren. Man fühlt sich überfordert. Überall steht das Wort „Sale", na klar sind die Waren zu verkaufen und nicht nur zu vermieten. Haben sich viel Mühe gemacht mit der Preisauszeichnung: direkt immer zwei Preise auf dem Zettel. Sie haben sich nicht verschrieben, das ist intelligente Verkaufsstrategie, also ein Schnäppchen, das Sie sofort mitnehmen sollten. Es soll Kundinnen geben, die rechnen ihren Männern am Abend vor, was sie heute wieder gespart haben, also die Summe der Differenzen zwischen den durchgestrichenen und handschriftlich verminderten Beträgen.

So robben sich die Käufer bis zur Rolltreppe heran. Die Frauen brauchen bis zur Rolltreppe die dreifache Zeit der Männer; sie lassen sich leicht ablenken; aus ihrer Sicht verschaffen sie sich natürlich einen „Marktüberblick". Aber dann verlieren die Männer; sie versuchen, die Info-Tafel zu verstehen. Frauen wollen sowieso alles sehen und fragen die Verkäuferinnen, sofern solche entdeckt werden. Männer kapieren das neue Organisationsprinzip von großen Kaufhäusern nicht. Sie sind nicht mehr nach dem, was man braucht, also Hosen, Hemden und Socken, sondern nach den Werbe-Marken sortiert. Und fast alle Marken haben fast alles im Vollsortiment. So wird das „Einkaufsvergnügen" verlängert.
Die großen Kaufhäuser trennen nicht einmal ihr Sortiment nach Männer und Frauen. So befinden sie sich nicht nur in geschlechterfremden Revieren, sondern auch in geschlechtsunterschiedlichen Umkleidekabinen wieder. Oh, Verzeihung junge Frau, ich dachte es wäre meine Kabine!

An Spitzentagen gibt es vor den Umkleiden eine Kontrollbarriere – nämlich eine Dame, die bis vier zählen kann. Nur so viele Teile dürfen mit in den Changing-Room. Schwierig wird es, wenn mehr als vier Teile gekauft werden sollen oder man den Größenangaben der Hersteller nicht glaubt und das meistens zu Recht. Bei Esprit – so die Verkäuferin, falls vorhanden – fallen die Größen immer etwas kleiner aus; die von Marco Polo schneidern auch sehr eng. Es gibt sowieso nur alles bis – falls man Glück hat – Größe 42. Entweder ist die Norm 40 ein verlässlicher Standard und alles wird auf diese Norm angepasst – Armlänge, Schulter, Länge etc – oder dies ist nur eine unverbindliche Schätzung der Laufbandarbeiterinnen aus Indien oder Bangladesh.

War ich in allem erfolgreich und habe ich die richtige Ware gefunden, setzt die Jagd der Verkäuferinnen nach dem Kleidungs – Bon ein. Man fühlt, dass es das Wichtigste ist, den Abschnitt – wie eine Trophäe –abzutrennen und eine kleine persönliche Marke dort hinzu kleben. Leider hat man keine Chance, die guten von den weniger guten Verkäuferinnen zu differenzieren. Reiner Mengen- und keinerlei Qualitätswettbewerb – man fühlt sich sehr unwohl dabei.

Nun ab zur Kasse. Ganz einfach zu finden. Sie ist dort, wo die größten Menschenaufläufe sind. Welche Reihe nehme ich – es ist garantiert die Falsche, weil spätestens der letzte Käufer vor mir Probleme mit seiner Kreditkarte hat oder die Ware nicht gefunden wird.

Schnell ab zur Rolltreppe und raus an die frische Luft. Denkste! Die richtige Rolltreppe nach unten ist immer an der gegenüberliegenden Seite. Also nochmals sich durch das Labyrinth der Verkaufsstände kämpfen.

Und nun das Kontrastprogramm. Wie heißt das Geschäft in der Kleinstadt: einfach nur „Sie". Kein Imperium, keine AG oder GmbH. Klare Verhältnisse: Was soll da ein „Er" oder eine „Es". Im Schaufenster bewegt sich doch was: Die lebendige Inhaberin dekoriert selbst, womöglich putzt sie auch selbst. Sie unterscheidet sich nur ein wenig von den Puppen, die alterslos sind. Beim Eintreten hört man ein freundliches Klingeln und danach ein „guten Morgen". Im Normalfall erschallt dann noch der Name der Kundin; namenlose Laufkundschaft ist selten.

Zunächst wird „geschwätzt", über das fiese Wetter, das auch den Umsatz nicht gerade fördert, über das neue Auto oder die Töchter, die schon wieder den Job wechselten. Die Kundin guckt sich dabei schon neugierig um, die Inhaberin scheint wohl mehr die Unterhaltung und den Humor zu mögen, als wenn sie unendlich viel Zeit hätte; es wirkt wenigstens so oder soll so wirken. Der Blick der Kundin fällt auf das Kleid der Inhaberin und die schöne neue Jacke. „An so etwas hatte ich gedacht! Gibt es das auch in meiner Größe?" „ Wenn Sie viel Glück haben – ach ja, noch da." Damit der gleiche Trick nicht nochmals zieht und alle in der Kleinstadt im selben Outfit herumlaufen, bleibt der Inhaberin nichts anderes übrig, als sich immer wieder umzuziehen. Über Preise wird natürlich nicht gesprochen. Entweder kommen preisunempfindliche Kundinnen oder man weiß, dass die Preisbindung der Markenwaren (fast) überall eingehalten wird.

Die Auswahl ist dort natürlich platz- und zahlenmäßig begrenzter; aber wenn man seine Klientel kennt, braucht man auch kaum die Extremgrößen oder was ganz Exotisches oder Kitschiges vorzuhalten. Beim Einkauf wird sozusagen „tailormade" geordert, eine hohe Kunst, die jahrzehntelang eingeübt wurde.

Ist die Inhaberin gut gelaunt und die Stammkundin hat mal wieder nicht soviel Bargeld oder die Kreditkarte nicht dabei, wird sogar ein Kredit eingeräumt – natürlich zinslos. Sie kommt natürlich in die „Kladde", die Schufa wird nicht informiert. Es soll auch Kundinnen gegeben haben, die sich die Ware nach Hause bringen lassen. Aber da muss die Inhaberin nicht nur gute Laune haben, sondern „zufällig" sowieso in die Richtung fahren.

Was wird überleben? Die dritte Variante blieb bislang unerwähnt. Das Internet hat in den letzten Jahren an Bedeutung gewonnen. Meine Frauenkenntnis sagt mir aber, dass das Internet zwar bequem ist, wenn alles funktioniert, aber nur begrenzt zu den Eigenschaften einer Frau bei der Kleidungsauswahl passt, es sei denn, die Umtauschorgie wird in Zukunft fortgesetzt.

Viele Kundinnen werden weder am Schreibtisch noch in den Großkaufhäusern alles kaufen. Sie wollen mehr als nur eine „Klamotte" erwerben. Sie wünschen sich ein Kauferlebnis und soziale Kontakte. Hier hat das kleine Geschäft mit der richtigen Inhaberin (Wild) die größte Chance.

Der selbstverliebte Kölner

Immer in der berühmten 5. Jahreszeit setzt sich im Westen Deutschlands ein Virus durch. Er verbreitet sich rasant, fast brutal, nicht zu behandeln, nicht zu immunisieren, erst recht nicht zu heilen. Seinen Nährboden hat er in den großen und kleinen Sälen in und um Köln, insbesondere im Januar und Anfang Februar.

Sogar ganz vernünftige Leute aus Leverkusen, Solingen, Westerwald oder sogar Holland singen oder schreien die Refrains mit, in denen der Kölner sich selbst, seine Stadt, seine Sehenswürdigkeiten (der Dom an erster Stelle) oder seine Institutionen (1.FC Kölle) oder seine Produkte (Wasser, Blutwurst) hochleben lässt. Dabei bedienen sich die Kölner Boy-Groups eines Tricks: Sie singen kölsch und komponieren Lieder, die jeder mit einem IQ über 15 nach zehn Sekunden Zuhören mitsingen kann. Die kölsche Sprache verstehen die auswärtigen Gäste des Kölner Gürzenichs ohnehin nicht. Die anwesenden Kölner stört es auch nicht, wenn die Worte der Gäste nicht so präzise rüberkommen; Hauptsache, sie stimmen alle ein in den Chorgesang. Plötzlich haben sie es geschafft, einem eingefleischten Leverkusener Bayer04-Stammplatzbesucher mit Inbrunst das Lied von Rut-Wiess (für Nichtkölner Farbe Rot-Weiß für 1.FC Köln) singen zu lassen, wie man diesen Verein doch so liebt. Je tiefer der Tabellenplatz oder die Liga, je lauter und öfter wird es gesungen; der Kölner schafft es locker, die Realitäten zu ignorieren. Also kurz und knapp, der Kölner liebt sich. Beim Karneval kann man es nicht oft genug herausposaunen.

Die Texte der Kölner Karnevalshits werden jetzt als Beweismittel auf den Tisch gelegt.

Fangen wir mit den viel besungenen Eigenschaften der Kölner an. Natürlich sind sie was Besonderes: Gott schuf die Erde, dann die Blutwurst und danach schon das Kölner Paar Adam und Eva Schmitz, die den kölschen Pass bekamen, mit dem das Leben richtig Spass macht. Sie sind per Du mit Gott und der Welt. Sie sind frech wie Dreck, doch das Herz ist gut (das Herz spielt eine besondere Rolle bei den Kölner, es ist reserviert für die Stadt und ist immer voller Sonnenschein), der Kölner ist ein wenig „verdötscht", fast immer gut gelaunt, aber hat mit nichts was am Hut, kann aber auch weinen (wie Rotz und Wasser) ab und zu aber auch mal einen dicken Hals kriegen. Sie sagen immer, wie es wirklich ist, stehen morgens schon an der Theke, trinken ständig Kölsch und essen Blutwurst (Flönz), sind Weltmeister im Feiern, Klüngeln, Strunzen, Lamentieren, singen (jugendgefährdend) vom Poppen, Karten, Tanzen. Trotzdem sagen die Kölner, dass sie dem Herrgott gut gelungen sind. Wenn sie singen, stehen sie alle solidarisch in einer Reihe. Besonders, wenn es gegen Düsseldorf geht. Sie sind lieber arm in Köln als reich in Düsseldorf. Ansonsten möchten sie leben und leben lassen, also sind sie äußerst liberal. Bei der Arbeit wird sich nicht überhoben, alles wird nicht so schwer genommen. In jedem steckt ein Stück Tünnes und Schäl. Besonders geprägt und besungen wird das Heimweh des Kölners. Es setzt sofort am Ortsausgangsschild ein. Selbst wenn er weit weg sein sollte, kann er ohne Verkehrsmittel, also zu Fuß, wieder zum Dom zurückkommen. Beim Heimweh wird sehr differenziert: nach der Stadt Köln, nach dem Rhein oder nach dem Dom oder nach dem Trömmelchen, das er heiß liebt. Wird jemand nicht in Köln geboren, so nennt man ihn „Immi" und meint einen Immigranten, den man nicht hängen lässt. Er darf sich integrieren und lernen, ein Kölner zu werden, dann erhält er den kölschen Pass. Er opfert alles für das Alaaf; die Oma versetzt im Pfandhaus ihr letztes Wertobjekt. Der kölsche Mann kann bützen, kölsche Mädchen natürlich auch, lassen aber keinen an ihr Spitzenhöschen ran.

Die Stadt wird besungen. Angeblich gibt es 4.000 Lieder über Köln – sicherlich ein Weltrekord. Damit sich das auch Touristen merken können, werden oft Vergleiche herangezogen. Man misst sich dann mit New York, Moskau, Paris, Athen, Rio, Hongkong, Ibiza, Berlin, Rom, Hamburg, Hollywood, London – also die ganze Welt. Das Ergebnis ist klar: Köln ist die Nummer 1. Es gibt keine schönere Stadt. Köln ist ja gar keine Stadt: Köln ist ein Gefühl.

Und was hat man nicht alles: das leckere Kölsch vom Fass, das gute Wasser vom Rhein, das Hochwasser, das Stadion, die KVB, das Müllemer Bötche, die Altstadt, die strammen Jungs und die leckeren Mädchen und vor allem den Dom. Gegenüber Bemühungen von Bundespolitikern oder reichen Touristen sagt man in aller Deutlichkeit, dass man den Dom in Köln lassen muss, mit der einfachen Begründung, dass er dort hingehört und woanders nicht.

Gehen Sie mal in eine kölsche Karnevalssitzung. Opfern Sie ein nettes Sümmchen für Karte, Trinken und Essen. Es ist wie eine Waschstraße. Als „Ausländer" gehen sie hinein, als Köln-Fan kommen sie heraus.
Keiner widersteht dieser Gehirnwäsche. Sie verstehen sogar danach die kölsche Sprache und behalten dies im Gedächtnis – zumindest bis zum Ausgang des Saales.

Kölle Alaaf!!

Lindenstraße statt Fenstergucken

Die Älteren erinnern sich noch. In den fünfziger und sechziger Jahren des 20. Jahrhunderts haben sich die Leute an den Fenstern aufgehalten, wenn es ihnen zu langweilig war und man draußen etwas Interessantes wähnte. Das Leben war lokal orientiert, was die Nachbarn oder Passanten so trieben, war wichtig. Die Mischung aus Neugier und Langeweile trieb sie ans Fenster, hinter der Gardine, vor der Gardine bei geschlossenem oder offenem Fenster. In der letzten Variante dienten die verschränkten Arme als Stützen auf der Fensterbank – mehr Komfort versprach ein Sofakissen bei längeren Schauprozessen. Die ansonsten früher beliebte Tigerzunge hatte bei den besten Sehfensterplätzen dann keine Chance mehr; das dauernde Wegräumen war zu umständlich. Mitunter saß das Ehepaar gemeinsam am Fenster und kommentierte die Sachlage. Das erste Stockwerk war aus Sichtgründen am beliebtesten; vielleicht wurde auch dadurch der höhere Mietpreis gerechtfertigt. Fragt man die Fensterleute, so wollten sie nur mal frische Luft tanken. Auf eine sehr effektive Art natürlich – ohne sich (untenherum) richtig anzuziehen oder die Beine in Aktion setzen zu müssen.

In den letzten Jahrzehnten wurde das Fenster zur Welt das Fernsehgerät. Es bietet zu jeder Tages- und Nachtzeit wesentlich mehr. Der Blickwinkel hat sich enorm erweitert. Nun erlebt man zwar nicht mehr den Mann auf der Straße, der fast jeden Abend aus der Kneipe kommt, die frechen Kinder von nebenan, die Halbstarken auf ihren Mopeds, das neue Auto von Schröders, sondern stattdessen, welche Terroristen wo Bomben gezündet haben, wo die Erdbeben und Überschwemmungen passierten, was Politiker zu sagen und was Talkshows an Nabelschauen zu bieten haben. Man darf im Unterschied zum Fenstergucken sitzen bleiben – ohne jegliche Kleiderkontrolle – und etwas aus der großen weiten Welt konsumieren.

Da die Menschen dieselben bleiben und nur die Infrastruktur drumherum sich dauernd ändert, musste eine Kombination erfunden werden. Eine Fernsehsendung mit lokalen, nachbarschaftlichen und familiären Effekten musste her. Und schon war die Sendung „Lindenstraße" erfunden. Sie wird zur gleichen Tageszeit ausgestrahlt wie früher, als man auf die Straße schaute. Sie bietet jedoch mehr als nur den Blick auf die Straße; sie zeigt vertraute Personen im Alltag, mit denen
man sich identifizieren kann. Die rekordverdächtige Sendelaufzeit von vielen Jahren beweist den Bedarf.

Das Fenstergucken findet auch deshalb keinen Anklang mehr, weil die Beschauten auf der Straße wegen der vielen parkenden Autos kaum zu erkennen sind und auch nur noch schnell nach Hause wollen, um dort das Fernsehprogramm nicht zu verpassen.

Formel 1 und der Autoalltag

Das Rennauto ist schon eine ganz besondere Weiterentwicklung des Cabrios – total ohne Verdeck. Ich nehme an, dass die Fahrer Badehosen drunter haben, für den Fall, dass sie beim starken Regen in einer Pfütze sitzen. Einzelsitze machen es unmöglich, jemanden mitzunehmen. Deshalb steht auch niemand an der Rennstrecke und bittet um Mitnahme. Andererseits brauche ich als Normalfahrer auch keinen Helm und Feuerschutzkleidung, komme also nicht mit dem Vermummungsverbot in Konflikt.

Rennautos sind flachgelegte Litfaßsäulen mit Motor auf Rädern. Die Firmen zahlen viel für diese Werbung, obwohl man die Autos beim Vorbeirasen mit über 300 km/h doch nur mit Mühe sehen kann. Dafür muss man bei einem Verbrauch von 60 l/km auch mächtig tanken. Mit meinem Auto müsste ich alle 100 km nachtanken oder alle Leerräume des Autos in Tanks umwandeln.

Beim Tanken beneide ich die Rennautofahrer. Wenn ich auf die Tankstelle fahre, stehen keine 10 Leute um mich herum, die mich betanken und ggfs. mir die Reifen in Sekundenschnelle wechseln. Denen brauche ich dann noch nicht einmal sagen, welche Kraftstoffsorte benötigt wird, und ob ich mit Kreditkarte oder bar bezahle.

Die Rennfahrer füttern nicht umständlich das Navi und achten auch auf keinen Gegenverkehr. Sie brauchen keine Lichthupe; ganz Widerspenstige kann man auch locker von der Fahrbahn schubsen; allenfalls droht eine Durchfahrtsstrafe durch die Boxengasse. Staus sind kein Thema, allenfalls wenn vorne ein Safety-Car fährt.

Ich vermisse als Normalfahrer beim Nachhausekommen, dass niemand vor der Haustüre die Zielflagge schwenkt. Dann steht auch leider kein Champagnerempfang mit Absingen der Nationalhymne an. Vielleicht hat der Rennfahrer einen inneren Drang zu solch einer (verrückten) Verschwendung von Champagner; aber fahren sie mal etwa 90 Minuten nur im Kreis herum!

Nicht ganz zu vernachlässigen: die Autos unterscheiden sich auch deutlich im Preis. Ein normales Auto über 100.000 Euro ist schon eine Besonderheit; für den Rennwagen muss fast eine Million Euro auf den Tisch gelegt werden; allein der Motor kostet über 200.000 Euro.
Unfälle führen dort auch nicht zur Herabstufung in der Versicherungsklasse. So sehen wir: Beides hat was mit Autos zu tun, aber es sind ganz verschiedene Welten.

Navifrau

Es hat schon etwas Irritierendes, sich den Worten einer fremden Frau total unterzuordnen. Sie ist zwar immer freundlich, aber das stört einen manchmal sogar. Auch wenn ich das Gegenteil tue, was sie „anordnet", bleibt sie auf eine unnatürliche Art gleichbleibend freundlich und unaufgeregt. Sie muss wohl taub sein und reagiert selbst nicht auf die fiesesten Bemerkungen.

Leider werde ich bereits bei der verbalen Zieldefinition fast nie richtig verstanden. Ich war schon bei einer Logopädin, die mir aber bescheinigte, dass ich einigermaßen verständlich spreche. Also liegt es an dem Hörvermögen dieser Frau hinter dem Instrumentenbrett. Ich sage, ich will nach Köln und Frau Navi schlägt wirklich vor: Pülsen (Köhn), Pösing, Gassen (Maitenbeth), Pissen (Rodden), Kössing, Sössen, Süssen. Verlange ich nach Leverkusen will man mich nach Himmerkusen, Siemerkusen, Überhofen oder Wilbertshofen schicken. Bei Solingen sind die Vorschläge Sulingen, Seulingen und Sulmingen ja noch harmlos.

Die kleinsten und entferntesten Dörfer werden vorgeschlagen, die nahe liegendsten Varianten werden ausgelassen. Von Lernfähigkeit kann überhaupt keine Rede sein. Ich denke, dass Frau Navi selbst nach 5 Jahren nicht merkt, dass ich in Solingen wohne und nicht dauernd auf die Dörfer in Mecklenburg-Vorpommern will.

Sobald ich mit meinen Enkelkindern (8 und 10 Jahre) losfahre, quengeln sie solange herum, bis sie selbst die Zieldefinitionen einsprechen dürfen. Das Gelächter nimmt dann kein Ende. Sie ziehen mein Navi sogar ihren Nintendo-Spielen vor; das will was heißen.

Nebensächlichkeiten werden hochstilisiert, Wichtiges kriegt man nicht aus ihr raus. Wenn ich 1000 km nach Hause fahren will und unsere Straße gehört zu einer 30er Zone, wird mir als Erstes gesagt, dass das Ziel in einer verkehrsbeschränkten Zone liegt. Es gibt wahrscheinlich auch keinen Golfplatz, der nicht in einer verkehrsbeschränkten Zone liegt; trotzdem verkündet Frau Navi die überraschende Neuigkeit jedes Mal mit einer gewissen Nonchalance. Für Frau Navi ist das Ende der Fahrt wichtiger als z.B. eine Routenbeschreibung. Ich glaube jedoch, dass es diesmal nicht an der Orientierungslosigkeit von Frauen liegt, sondern daran, dass das Navi schnell an seine Grenzen stößt. Ganz schwierig wird es mit ihr, wenn das Kartenmaterial veraltet iund Frau Navi es wagt, mir den Rat zu geben, mitten auf der Autobahn „möglichst zu wenden". Das Vertrauen in diese Frau darf nicht groß sein; es gibt Autofahrer, die schon im Fluss versunken sind, weil sie Frau Navi folgen wollten.

Hat sie einmal einen Stau oder eine Verkehrsverdichtung gefunden, verkündet sie dies voller Stolz alle drei Minuten; sie kämpft dabei das Radio gnadenlos nieder, natürlich immer dann, wenn im Radio eine wichtige Nachricht kommt. Die Aufhebung des Staus verrät sie jedoch nicht. Dafür erhält man die jedesmal überraschende Mitteilung, dass der Stau zu Zeitverzögerungen führen kann.

Da der Autohersteller von vorneherein davon ausgeht, dass der Frau nicht immer zugehört wird, gibt es ein zusätzliches Display, auf dem das angezeigt wird, was Frau Navi erzählt. Ihr schadet es offensichtlich nicht einmal, wenn man sie durch Knopfdruck die letzte Nachricht immer wiederholen lässt. Ich glaube, dass sie im Akkord arbeitet und eine Entlohnung bekommt, die sich an der Anzahl freundlich gesprochener Worte orientiert.

Das Schlimmste an Frau Navi ist, dass man sich daran gewöhnt und Entzugserscheinungen hat, wenn es mal nicht funktioniert.

Was unterscheidet Arbeit vom Fußball?

Auf dem ersten Blick findet man wenige Gemeinsamkeiten zwischen Fußball und dem Arbeitsleben. Nach der Arbeit spielt oder sieht man Fußball, also mehr ein Nacheinander. Schaut man etwas genauer hin, wird offenbar, dass zwischen einer Fußballmannschaft und einer Firmenbelegschaft erhebliche Gemeinsamkeiten und Analogien bestehen. Das Verbindende liegt im Teamcharakter beider „Institutionen".

Beide Teams setzen sich aus verschiedenen Individuen zusammen, die gemeinsam agieren müssen. Weder Mannschaftsspieler noch Belegschaftsmitglieder lassen sich klonen; es müssen unterschiedliche Charaktere und Typen sein, die aber zueinander passen bzw. sich ergänzen. Man stelle sich eine Mannschaft vor, die nur Stürmertypen hat; alle drängen zum gegnerischen Tor, nehmen sich selbst die Bälle ab, sind aber nicht zu einer ordentlichen Verteidigung bereit oder in der Lage. Am absurdesten ist die Vorstellung von elf Torhüter-Typen in einer Mannschaft. In einer Belegschaft sind nicht nur Buchhalter-Typen gefragt; es erfolgen dann keine Aktionen, aber alles wird gut festgehalten und protokolliert. Ebenso chaotisch wäre es, wenn die Belegschaft nur aus Kreativen bestünde. Es geht nicht nur darum, ob handwerkliche Fähigkeiten kombiniert werden müssen, sondern die dahinter stehenden Charaktere müssen zueinander passen. Es ist fast unmöglich, einen Innenverteidiger zum Mittelstürmer zu machen, auch wenn man ihm noch so viel das Tore-Schießen beibringt. Hier werden aktive, sogar aggressive Eigenschaften verlangt. Mit rein re-aktiven und zerstörerischen Fähigkeiten kommt keiner zum Zuge. So ist es auch in der Firma. Nur Verkäufertypen bringen den „Laden" durcheinander; nur Mitarbeiter der Innenrevision kommen nicht zu kommerziellen Erfolgen, da sie immer nur über ihre Vorschriften und Regeln stolpern. Nicht umsonst funktionieren sogar Vereinsmannschaften gut, wenn unterschiedliche Nationalitäten und Hautfarben, sogar unterschiedliche Kulturen, miteinander spielen.

Sowohl eine Fußballmannschaft als auch eine Firmenbelegschaft verlangen nach einer Organisation und einer formellen Arbeitsteilung. Bei der Fußballmannschaft gibt es eine Hierarchie und eine Mannschaftsausstellung inkl. Vertreterregelungen auf der Ersatzbank. Die Leitung besteht aus dem Trainer oder dem Trainergespann mit dem Cheftrainer; die Leute um die Mannschaft herum sind fest eingeordnet und haben spezielle Aufgaben.
In der Mannschaft gibt es den Mannschaftsführer; die einzelnen Positionen sind in einem Spielplan fest umrissen. Und vergleichbar ist es in der Firmenorganisation. Die Hierarchien sind – zumindest in den traditionellen Branchen – etwas tiefer gestaffelt. In jeder Abteilung gibt es Fachleute für spezifische Aufgaben mit besonderen Fähigkeiten. Je größer eine Unternehmung ist, desto tiefer geht die Arbeitsteilung und je mehr kommt es auf die richtige Koordination an. Also besteht in beiden Institutionen einerseits der Zwang zur Arbeitsteilung und Spezialisierung, andererseits aber die Notwendigkeit zur Zusammenarbeit; beides sind klassische Teamcharakteristika.

Neben dieser formellen Organisation, die unbedingt notwendig ist, gibt es – bedingt durch die Tatsache, dass es sich um menschliche Individuen handelt – eine informelle Organisation.

Sie beruht auf Sympathie oder auch Antipathien, auf Herkunft, Landsmannschaften, Hobbygemeinsamkeiten, Wohnort, Mitfahrergemeinschaften, Sportinteressen, Verwandtschaftsverhältnissen etc. Diese Faktoren dürfen in ihrer Wirkung weder positiv noch negativ unterschätzt werden. Es wird der informellen Organisation ein Schmierölcharakter (Motoren laufen auch nicht ohne) in einer formellen Organisation zugeschrieben. Zuweilen überlagern diese informellen Faktoren das Funktionieren der Zusammenarbeit im Fußball oder im Belegschaftsteam. Bewusst oder unbewusst spielt man den Querpass zu dem Lieblingspartner oder informiert den geschätzten Kollegen eher und tiefer als den direkten Kollegen am selben Arbeitsplatz. Die Bereitschaft, in einem Team sein eigenes Ego und seine Exponiertheit zurückzustellen, ist für eine echte Teambildung sowohl beim Fußballspiel als auch in der betrieblichen Zusammenarbeit von hoher Bedeutung. Der Querpass zu dem Besserpositionierten verspricht eher den Torerfolg; die schnelle Weitergabe von wichtigen Informationen erhöht den Projekterfolg des Teams. Vom Trainer oder vom Vorgesetzten muss erkannt werden, wer egozentrisch oder teamorientiert arbeitet, ob es am Willen oder an den Fähigkeiten einer Zusammenarbeit fehlt.

Nur wenn eine ausreichende Zahl von „Teamplayern" vorhanden ist, kann ein Team Erfolg haben. Es darf nicht verkannt werden, dass auch Außenseitertypen und Individualisten ein Team bereichern können; sie dürfen jedoch nicht dominieren. Eine Mannschaft braucht besondere Einzelspieler (klassisch sind es die Torhüter oder Linksaußen); eine Firma benötigt Spezialisten (klassisch sind es die Buchhalter oder die Innenrevisionsmitarbeiter).

Kommen wir zur Philosophie und Strategie. Ein Unternehmen ist einerseits branchentypisch und andererseits strategisch geprägt. Handelsunternehmen sind logistisch und marketingdominant aufgestellt; Betriebe des Maschinenbaus sind entwicklungs- und produktionsdominant. Das macht sich in der Organisation und der Teamzusammensetzung fest. Die Fußballmannschaft spielt in einer bestimmten Liga, wodurch schon ein gewisser spieltechnischer Standard vorgegeben ist. Die Mannschaften können verschiedene Systeme (z. B. WM-System, 4-2-4) beherrschen und damit offensiv oder defensiv aufgestellt werden.

Sowohl bei der Fußballmannschaft als auch in der Unternehmung fallen natürlich Strategie, Plan und Realität auseinander. Beim Fußball macht es den Reiz des Spiels aus, weil keine Vorhersehbarkeit gegeben ist und Überraschungen an der Tagesordnung sind. Auch im betrieblichen Geschehen läuft sehr selten alles wie geplant. Daher werden Anpassungsfähigkeit und Flexibilität von den Mitarbeitern verlangt.

Eine Fußballmannschaft, die nicht geschlossen nach außen auftritt, wird keinen Erfolg haben. Genauso verhält es sich mit einem Unternehmen. Nach außen müssen alle an einem Strang ziehen. Natürlich gibt es nach innen Reibungen und Konflikte. Sie müssen im Team so beherrscht werden, dass sie nicht nach außen sichtbar werden. Formschwächen, Krankheiten und Ausfälle müssen überwunden werden. Man gewinnt und verliert gemeinsam. Kein noch so guter Spieler, Mitarbeiter oder Führungsmitglied kann alleine den Sieg oder den Geschäftserfolg bewerkstelligen. Das gesamte Team erarbeitet sich den Erfolg und einen Ruf.

Und noch eine Parallelität. Klappt es nicht, wird i.d.R. der Trainer verantwortlich gemacht. Das Mittelmanagement hat insofern den risikoreichsten Job. Es ist wohl immer leichter, den Trainer oder das Mittelmanagement zu feuern als die gesamte Mannschaft auszutauschen. Der Druck entsteht in beiden Fällen von außen; die Fans wollen zumeist den Kopf des Trainers, der Markt und die Kundschaft wenden sich von ihrem Geschäftspartner ab.

Erlebtes

Bei meinen Hobbies erlebte ich einige Geschichten. Zum Fußball gehört die Wurst in der Halbzeitpause, zum Golfen gehört die Platzreife. Ein Geburtstagsgutschein brachte mich in die Unterwasserwelt. Der geistigen Fitness trage ich durch einen Englischkurs in der Volkshochschule Rechnung.

Das Hobby Musik ist in der Kurzgeschichte über ein Chris-Barber-Konzert abgehandelt. Erleben durfte ich das Hobby Essen in einer Silvesternacht beim Italiener.

Die Wurst in der Halbzeitpause

Eine Bratwurst gehört zum Pflichtprogramm eines Bundesliga-Fußballspiels, natürlich nur für den Zuschauer. Dabei ist das Schlange stehen Teil des Programms in der Halbzeitpause. Es gibt nur vier Produkte im Angebot, gleichwohl genügend Chancen für Missverständnisse. Und eigentlich könnte sich das Personal seit Monaten ausrechnen, wann denn die Halbzeitpause beginnt und endet und damit ein Spitzenbedarf entsteht. Die Gretchenfrage, ob mit Ketchup oder Senf, hat der Rationalisierungsexperte schon ausgeklammert; diese Materialien stehen zur Selbstbedienung irgendwo anders in einer Stadionecke.

Endlich bin ich dran. Und ich habe sogar genügend Geld auf der Eintritts-Wertkarte geladen. Aufpassen, dass ich nicht zweimal den Betrag bestätige, dann würde die Wurst noch teurer als sie es schon ist.

Alles hat geklappt. Nun besteht die nächste Aufgabe darin, die Wurst sicher durch die Menge zu transportieren, um sie in einer „stillen" Ecke schnell zu verzehren.

Von allem bleibt dann die Serviette übrig, die natürlich beschmutzt ist, weil ich den Senf von der Jacke streichen musste. Da ich ein ordentlicher Mensch bin, suche ich einen Papierkorb zur Entsorgung der Serviette. Ich sah in der Ecke eine Vorrichtung, die ich dafür hielt. Fehlanzeige. Ein halbes Glas Bier stand darauf und ein Pappbecher.
Ich steckte meine gebrauchte Serviette zusammengeknüllt in den Becher. Der Mann daneben guckte mich mit großen Augen an.

Ich hatte wohl etwas Falsches getan. Ich sah es dann: In dem Becher war noch die Hälfte seines heißen Kaffees drin. Wortreich und beschämt entschuldigte ich mich. Ich bot sofort an, einen neuen Becher mit Kaffee zu holen. Der Mann verzichtete, forderte mich aber auf, bei nächster Gelegenheit einen Euro in der Kirche zu spenden. Er sah aber gar nicht wie ein Pfarrer oder Küster aus. Ich akzeptierte. Strafe muss sein!

Ach so: Das Spiel stand in der Halbzeit 0:1. Wir gewannen nach 90 Minuten 2:1. Ich werde zwei Euro spenden.

Platzreife

Immer nur schnuppern, immer nur kosten und nicht essen, immer draußen vor dem Zaun, wenn andere Golfen spielen … das können wir nicht lange ertragen. Also die Platzreife muss her – egal was es kostet und an Mühen erfordert.

Die ersten Mühen bestehen im Organisatorischen. Wo geht so was überhaupt? Was kostet es (also doch Kosten wichtig!)? Endet der Kurs mit echter anerkannter Platzreife oder nur mit einem gemeinsamen Abendessen inkl. netter Plakette. Unsere Winterurlaubskenntnisse sind hilfreich: Bad Kleinkirchheim soll es sein.

Der Start der Platzreife beginnt für uns überraschend am falschen Platz. Natürlich dürfen wir nicht auf einen richtigen Golfplatz, sondern müssen mit einem Übungsplatz vorliebnehmen. Schnell gefunden haben wir dann auch den Trainer – pardon Pro – namens Mark (natürlich ein Brite – andere Nationalitäten können vielleicht auch Golf spielen, aber nicht Golf lehren) und unsere drei Schülerkollegen. Schläger in die Hand gedrückt, dann geht die Plackerei los. Querschläger, Bodenläufer – aber auch hin und wieder ein Plop und 100 Meter oder sogar mehr geschafft. Auf ungefähr 20 Dinge ist fast gleichzeitig zu achten – selbst wenn man für den Anfang einen wohlgeformten "Idiotenschläger" in die Hand gedrückt bekommt. Es dauert keine Stunde – gebucht waren 3 Stunden am Stück, da schmerzen einem schnon alle Glieder. Die Sonne und der seitlich stehende kritisierende Pro treiben einem den Schweiß auf die Stirn. Der einzige Trost ist, dass die Mitspieler es auch nicht besser können – und dies mitunter auch lauthals kundtun, obwohl die Körpersprache schon genügen würde.

Als es zum Putten geht, hofft man auf die einschlägigen Minigolferfahrungen. Aber auch hier wird alles ganz anders gemacht. Die Finger verbiegt man, die Schultern sollen mitspielen, maximale Weiten sind hier tödlich. Das Golfloch hat antimagnetische Kräfte; die Vorgabe, mit zwei Schlägen einzulochen, setzt einen enorm unter Druck.

Aber alles ist so schön grün – wie ein Teppich. Die können Rasen mähen – und haben wohl die Zeit dafür! Und die Berglandschaft um einen herum entschädigt für jeden golferischen Fehlversuch. Frust kommt natürlich auf, wenn man den Ball permanent anspricht und er bleibt stumm. Aber man kann sich so herrlich rächen, in dem draufgedroschen wird. Umgehend kommt die Rache des Balles, zumeist dadurch, dass er nimmer gesehen wird. Also spricht man ihn immer so freundlich wie möglich an.

Eine Wissenschaft für sich sind die Regeln – das uralte Golfreglement und die Golfetikette. Die seltsamsten Situationen werden sich ausgedacht und in eine komplizierte Fachsprache übersetzt. Das Strafgericht bei Verstößen kennt eine Vielzahl von Strafen: Nase rümpfen, Abbrechen der Suche nach dem teuren Golfball oder sogar Strafschläge, die gar keine wirklichen Schläge sind, sondern nur im Kopf stattfinden, schnellere sowie bessere Spieler durchlassen, Disqualifikation. Riesen-Umwege müssen auf dem Grün gegangen werden, damit nicht die vermeintliche Puttinglinie betreten wird .

Golf lernen, üben, trainieren ist eine „einfache" Sache. Aber unter Aufsicht dann eine Platzrunde zwecks Erlangung der Platzreife absolvieren, ist körperliche und psychologische Schwerstarbeit. Was vorher klappte, geht schief oder ins hohe Gras (rough genannt) mit der Chance, 5 Minuten zu suchen, was die Nerven nicht aushalten oder – noch schlimmer – ins Wasser (platsch und 2 Euro sind weg). Wieder der einzige Trost – die anderen können es auch nicht besser (oder schummeln schon mal). Golf macht wirklich demütig.

Beim Tennis ist das Zählen schon nicht einfach, aber beim Golf sind hohe geistige Fähigkeiten nötig: Wieviel Schläge waren es, wie viel Strafschläge kommen hinzu, wie wird das Handycap (auch wenn man es noch nicht hat) errechnet, was hatte sich Mr. Stableford bei der Zählweise ausgedacht? Die Lösung ist einfach: So wenig wie möglich Schläge machen, damit man die beste Punktzahl erreicht .

Sind wir nun reif und falls ja, wofür? Ein gut aufgemachtes Zertifikat bescheinigt uns die Platzerlaubnis, aber wohl nicht für alle Plätze. Auf jeden Fall sind wir reif für die Sauna oder fürs Bett.

Nach der Platzreife brauchen wir Urlaub. Gute Erholung ist wichtig, damit wir zu Hause wieder golfen … natürlich nebenbei arbeiten zu gehen und Geld verdienen können – nur dann lässt sich dieser Sport auch praktizieren.

Gutschein für einen Tauchschnupperkurs

Was ist mein liebstes Geschenk? Ein Gutschein. Ich habe in meinem Leben schon einige abgearbeitet: für eine Fahrradtour (mit Familie), für ein Konzert (mit Ehefrau), für ein Essen (mit Kindern), für eine Städtereise (mit Familie), fürs Brunchen (mit Großfamilie), für einen Biathlon-Kurs (für mich alleine).

Was eignet sich besonders für einen 68-Jährigen? Mal abtauchen ist ja nicht schlecht in dem Alter, aber mehr als eine Stunde in der Unterwasserwelt zu verbringen, das reizt einen selbstverständlich, nicht nur zu schnuppern, sondern es zu seinem großen Lebenssport zu entwickeln. Die kurze Hoffnung, dass es auf den Malediven oder am Great Barrier Reef sein wird, verflog sehr schnell, als ich den Gutschein sorgfältig durchlas. Es spielte sich in einem nahegelegenen deutschen Schwimmbad ab und ich musste mir einen willigen Partner suchen.

Dass ich auf einen Tauchkurs brannte, sieht man daran, dass ich ihn 5 Tage vor dem Verfallsdatum – also ungefähr nach einem Jahr – einlöste. Bei der Anmeldung kam die Nachricht: kein Termin frei. Also Glück gehabt und kurz online nach gleichwertigen Alternativen bei der Gutscheinagentur gesucht. Infrage kam eigentlich nur eine Altbiertour durch Düsseldorf. Also auch eine feuchte aber etwas weniger anstrengende Unternehmung (vielleicht falsch, wenn man den nächsten Morgen mit einbezieht). Unmittelbar vor meiner Buchung kam dann doch eine Bestätigung, dass ich zwischen zwei Tauchkursterminen wählen durfte. Ich nahm den späteren Termin, weil ich noch einen Tauchpartner finden musste. Fast alle Gefragten winkten ab: Oh-

renprobleme, Zeitprobleme, schon perfekte Taucher, man wird
nass dabei, Laktose – Empfindlichkeit. Kurz vor Torschluss fand
sich dann meine Tochter bereit.

20 Minuten vor der Zeit waren meine Tochter und ich an ver-
meintlichem Ort und vermeintlicher Stelle. Es kam uns dort sehr
einsam vor; kein Licht bei dem Tauchverein, kein anderer Teilnehmer kam. Uns kamen Zweifel. Eine Rückfrage zu Hause ergab, dass alles in der Wuppertaler Schwimmoper stattfand. Also
ab ins Auto und Navi eingeschaltet, um quer durch das dunkle
schöne Wuppertal zu fahren. Obwohl kein Gewitter zu entdecken war, blitzte es mal kurz vor uns auf. War diese Art von
Fahrtkosten auch im Gutschein einbezogen?
Parkplatzprobleme und uninformierte Schwimmbadmitarbeiter
verzögerten weiterhin unsere Ankunft.

Die anderen Kursteilnehmer hatten schon die Tauchklamotten
an, als wir gehetzt und mit Ausreden ankamen. Ich hatte es mir
schon gedacht, ich war der Methusalem. Entweder als Trost oder
weil ich in den Klamotten entstellt aussah, teilte man uns als
Ehepaar ein, was meine Tochter direkt richtig stellte. Da wären
die aber schon beim Tauchen selbst darauf gekommen!

Wir wurden sprachlos gestellt, weil wir mit vielen Kilos durch
Flasche, Rucksack und Bleigürtel bis zur Tragegrenze belastet
wurden – aber im Wasser spürt man davon ja nichts. Ganz still
wurden wir auch nach den vielen Erläuterungen, nachdem wir
erfuhren, dass unter Wasser kein Sprechen möglich sei. Natürlich haben wir uns um 20.30h nicht alle Zeichen und Hantierun-
gen gemerkt. Aber das Ok-Zeichen beherrschte ich sofort.

Dann ging es ab ins Wasser. „Denkste"! Wir durften nur bis zur Treppenstufe drei. Dann wurden die Flossen und die Tauchbrille angezogen. Die Übungen mit dem Kopf unter Wasser hatten es für mich schon in sich. Das Hinausschnaufen von Wasser in der Brille hatte bei mir genau das Gegenteil zur Folge; meine Brille war mit Wasser gefüllt. Stattdessen hätte ich auch in die Brille hineinspucken müssen, aber ich hatte überhaupt keinen Spuckvorrat.

Nach den Vorübungen bewunderte ich die etwas übergewichtige Trainerin (was mich jedoch beruhigte, die konnte nicht untergehen); sie riskierte, mit mir und meiner Tochter ins zwei Meter tiefe Schwimmbecken zu gehen. Meine Tochter hat sich nachher darüber amüsiert, dass ich zwanghaft des Öfteren oben nachschauen wollte, was so in dem Schwimmbad passiert. Ich hatte aber gute Gründe (oder Ausreden?): Wadenkrämpfe machten mir Ängste, die Sauerstoffflasche verrutschte nach rechts und nahm mir mein Gleichgewicht. Ich verwechselte mehrmals die vielen Schläuche an meinem Rucksack und die Handzeichen der Trainerin. Die Trainerin hielt sich – wohl aus Sicherheitsgründen oder um besser den Unfallhergang zu protokollieren – immer hinter mir auf. Ich wusste überhaupt nicht, wo es lang ging. Die Unterwasserwelt war auch eher langweilig. Einige Kursteilnehmer wälzten sich auf dem Boden herum, bei anderen waren nur Füße und Flossen zu sehen. Manche bewegten sich wie Fische im Wasser,
vielleicht waren es auch Fische. Ich konzentrierte mich auf meine Übungen und auf das Atmen, sodass ich kaum merkte, dass wir schon mehr als eine Stunde im Wasser waren. Als wir auftauchten, lachte meine Tochter mich an. Ich merkte nicht sofort,

dass das Lachen auf meine Tauchkünste bezogen war. Meine Tauchkunst war wohl auch nicht so perfekt, dass man davon ein Unterwasserfoto, was eigentlich im Kurspreis enthalten war, machen konnte. Meine Tochter lag natürlich mit ihrem Urteil total daneben, weil die Tauchtrainerin mich ausdrücklich lobte.

Wir beide fanden es anstrengend, aber auch unterhaltsam und interessant. Hierfür sind wir dem Gutscheinspender sehr dankbar. Aber ich werde mich schon noch rächen. Ich warte, bis der Gutscheinspender auch 68 Jahre alt ist und dann kriegt er knallhart einen Tauchschnupperkurs verpasst – wenn es geht in Wuppertal-Mitte.

Ein Volkshochschulkurs

Frisch aus dem Arbeitsprozess ausgeschieden und endlich stressfrei. Natürlich ein Fehlschluss. Ein Hochfrequenz-Motor lässt sich nicht so einfach stoppen oder runterfahren. Ein Studium an der Uni erscheint mir andererseits als "Traufe" statt Regen und eine zu lange Festlegung. Also kommt man zwangsläufig zu einem VHS-Kurs – er verpflichtet einen nur für ein paar Monate. Blamieren will man sich nicht, richtig lernen will man auch nicht.

Also bleibt dann nur ein Sprachkurs. Da man dienstlich viel auf Englisch machen musste, fühlte ich mich stark genug für den "höchsten" Kurs. Ich sollte eines Besseren belehrt werden. Ich habe schnell gemerkt, dass Business-English etwas anderes war als die Lektüre von Kurzgeschichten und Literaturstücken.

Es ging los. Das Komplizierteste zuerst: die Sitzordnung. Hinterher merkte ich, dass ich kaum Freiheitsgrade hatte. Bei einem Sitz an der Fensterseite mit der Sonne im Nacken konnte ich nicht viel falsch machen. Das weibliche Geschlecht hatte eine lockere Dreiviertel-Mehrheit, die sie auch öfters einsetzte. Bei der Vorstellung der „Schüler", bei der es eigentlich nur um zwei Newcomer (oder potenzielle Störenfriede) ging, wurde offenbar, dass es ganz treue VHS-Schüler mit zuweilen mehr als 10 Jahren Teilnahme an Kursen der VHS (ich dachte ich verstehe falsch) waren. Die Sitzordnung stammte so ungefähr aus der Mitte der 90er Jahre.

Routinemäßig fing die Stunde (in Wirklichkeit die 90 Minuten-Sitzung) mit der Horrormeldung an, dass Else, eine langjährige

Mitschülerin, einen Oberschenkelhalsbruch erlitt. Sie hätte sich was Einfacheres aussuchen sollen (z. B. a broken leg); alle Lexika und Fremdsprachen-Computer wurden bemüht; sogar die versierte Englischlehrerin (eine Engländerin) hatte Anfangsprobleme damit. In allen nachfolgenden Stunden haben wir mitgelitten und die einzelnen Rekonvaleszenz-Phasen durchgemacht. Besonders erbost waren wir, als die VHS – Organisation (trotz Abwesenheit durch Höhere Gewalt) gleichwohl die Gebühr nicht zurückzahlte, obwohl Else mehr als 15 Jahre dabei war.

Nett waren hingegen die Themen Schwangerschaft und Geburt der Enkelin der Lehrerin. Da ich selbst nun dreifacher Großvater werden sollte, ist mir das damit zusammen hängende Vokabular hilfreich. Weil die werdende Großmama zur Geburt nach München wollte, der Termin jedoch nicht genau abschätzbar war, sollte mittels einer Telefonkette vom Ausfall des Unterrichts informiert werden. Eine Liste bestand schon, nur zwei Personen fehlten darauf. Perfekterweise gab es zwei Listen, eine sortiert nach Vornamen und eine nach Familiennamen. In diesem Entscheidungsprozess habe ich mich egoistischerweise eingeklinkt zugunsten des Familiennamens, da ich mit W der letzte im Alphabet und in der Anrufliste war. Das Risiko, dass die Kette mich überhaupt erreichte, hatte ich übersehen. Der innovative Vorschlag, mit einer E-Mail alle gleichzeitig – ohne "Stille-Post-Effekte" zu erreichen – scheiterte daran, dass eine Dame keinen Internetanschluss hatte und eine andere nie reinguckte. Kombinationslösungen wurden ebenfalls breitgetreten. Eine klare Lösung wurde nicht gefunden … und war auch nicht nötig, da in der Folgestunde der definitive Ausfalltermin bekannt gegeben werden konnte.

Die „Gaußsche Normalverteilung" der Schülertypen war auch in dem Englischkurs wiederzufinden, bis auf das hier vertretene hohe Durchschnittsalter: selbstbewusste und zurückhaltende Menschen, mit Computer und Lexika bewaffnete Schüler, Mitschreiber und Ignoranten, fleißige und vorbereitete Personen und Improvisateure, Widerspruchsfanatiker und Harmoniesuchende. Wenn abgestimmt wurde, was denn gelesen werden sollte, fand eine ungeordnete und zuweilen langwierige Diskussion statt. Manchmal erfasste einen der Schwindel und man sehnte sich nach einer diktatorischen Entscheidung der Lehrerin.

Im ersten Trimester einigte man sich auf englische Kurzgeschichten; schließlich verhält man sich als Schüler ökonomisch. Im nächsten Trimester hatte ich nochmals gelernt, dass sog. Short-Short-Stories noch weniger Vorbereitungsaufwand erforderten. Nicht zu rechnen war damit, dass die Lehrerin dann zwei Short-Short-Stories als Hausaufgabe aufgab.

Einige Schüler hatten große Vorlieben: für die Fragen mit und ohne Bindestrich oder Anführungszeichen, englische Kommasetzung, Einzahl oder Mehrzahl (ash, ashes) – es war wirklich die hohe Schule. Die Zeit war es sicherlich wert!?

Übrigens Last news … Else ist vom Oberschenkelhalsbruch (auf englisch „fracture of the femoral neck") geheilt und kommt zum nächsten Kurstag wieder.

Ein Chris Barber-Konzert

Auf der Suche nach einem schönen Konzert fiel das Augenmerk auf das von Chris Barber in der Kölner Philharmonie. Da mir diese Band schon in meinen Jugendjahren bekannt war, hatte ich erhebliche Zweifel, dass es der echte Chris Barber war; eine (schlechte) Kopie wollte ich mir ersparen. Also wurde gegoogelt. Und er war der Echte. Meine Kopfrechnung ergab ein Alter von 82 Jahren; zwar alt und weit über das Pensionsalter hinaus. Bei Künstlern ist dies aber nicht erheblich, was am Beispiel von Johannes Heesters verdeutlicht werden könnte. Sie verzeihen mir bitte, Herr Barber!

Ich nahm an, dass die Bandmitglieder nicht alle so lange gelebt haben wie der Chef. Also wird da eine sehr altersdifferenzierte Mannschaft auftreten; ich war gespannt.

Da trat ein älterer Herr sehr vorsichtig auf eine noch total dunkle Bühne: Mr. Chris Barber. Applaus, weil wohl viele Besucher ihn aus dem Internet erkannt hatten. Zumindest zu meiner Überraschung sprach er in deutscher Sprache. Na ja, wie ein Engländer deutsch sprechen kann: etwas gemischt und mit ungewohnter Betonung. Ein seltsames Phänomen war zu beobachten: Alle verstanden so wie ich nur die Hälfte der wohl sehr launigen Ansagen, aber alle hörten mit größter Aufmerksamkeit und Konzentration wohlwollend zu.

Verstanden habe ich, dass er die Zuschauer, die bei seinem ersten Auftritt in Köln im Jahre 1955 dabei waren, besonders begrüßte. Nicht allzu viele fühlten sich angesprochen, obwohl der

Altersdurchschnitt der Konzertbesucher noch über meinem hohen Alter lag. Es lag eine herzliche Spannung in der nicht ganz ausverkauften Philharmonie, die den älteren Herren (mit einer einzigen Dame) auf der großen Bühne geschuldet war.

Da kamen von beiden Seiten seine Mitarbeiter, die aktuellen Mitglieder der Chris Barber-Band auf die Bühne. Einige Ältere, die sich mit dem Gehen und Stehen schwer taten, einige mittelalterliche Könner und eine Dame mit Querflöte und Klarinette. Alle spielten stark auf; Beachtliches kam vom Chef. Seine Gesangseinlagen waren viel besser zu verstehen als sein Wortvortrag. Wahrscheinlich singt er zu Hause alle wichtigen Nachrichten. Auf jeden Fall kam er sehr angenehm und sympathisch rüber.

Die ganze Atmosphäre war trotz der riesigen Bühne und des gewaltigen Auditoriums sehr gemütlich. Die lichtmäßige Fokussierung war sparsam, aber effektiv und irgendwie vergnügt. Als der Schlagzeuger sein Solo abzog, waren nur die Trommeln von innen beleuchtet. Das war nicht nur romantisch, sondern gewährleistete auch, dass er nicht daneben trommelte.

Auf der Bühne war ein permanentes Kommen und Gehen. Der Posaunist verschwand nach seinem Solo. Hatte er nicht genug Applaus bekommen und ging beleidigt davon oder musste er mal oder telefonierte er noch kurz mit Zuhause? Es musste etwas Positives gewesen sein, weil er ganz entspannt bald wieder auf die Bühne kam und an der richtigen Stelle wieder einsetzte. So verhielten sich fast alle Musiker. Nur wenige durften nicht weggehen: Chris Barber, weil er dirigierte, wenn auch sehr unauffällig, der deutsche Schlagzeuger und der ältere Herr mit

Pferdeschwanz an dem Bass sowie der sitzende Banjo-Spieler. Ich stellte mir die Frage, ob das Honorar nach der Aufenthaltszeit der Musiker auf der Bühne bemessen wurde.

Gegenüber einem Kammerkonzert, in dem nicht einmal nach einem 10-Minuten-Stück geklatscht werden darf, wird beim Jazzkonzert nach jedem Solo applaudiert. Die Künstler erwarten förmlich, dass man seine Hand nicht in die Hosentasche steckt oder Händchen mit der Nachbarin hält; man ist ständig in Bewegung und hat hinterher gut durchgeblutete Hände. Besonders viel Applaus erhielt das bekannte Klarinettenstück „Petite Fleur".

Auch zum Ende wurde natürlich mächtig geklatscht und sogar gekreischt. Eine Zugabe wurde erzwungen. Chris Barber verlangte jedoch ein Mitsingen. Es gab „Icecream" als Nachtisch; der Refrain überforderte die Zuschauer in der Tat nicht sehr.

Es waren zwei angenehme Stunden und sie waren den Eintrittspreis wert.

Silvestro italiano

Wir hatten uns sehr spät entschlossen, den Silvesterabend im Restaurant Toscana zu verbringen. Nur weil wir (meine Schwester, mein Schwager und meine Frau) dort als gute Gäste bekannt waren und meine Frau sich am Telefon nicht so leicht abschütteln ließ, bekam wir noch einen „Not-Tisch". Also waren unsere Erwartungen auch nicht so groß.

Wir wurden an einen Tisch gesetzt, der unmittelbar zwischen Eingangstür und Bartheke stand. Ein zentraler Verkehrspunkt des Restaurants. Wir hatten alles im Griff – zumindest optisch. Kein Kellner mit üblichem angeborenem Tunnelblick konnte an uns vorbei gucken; alle Getränke und Speisen mussten an uns vorbei transportiert werden; wir wussten über alle Taxiabrufe bestens Bescheid, alle hatten uns gesehen, einige auch erkannt.

Natürlich profitierten wir von der guten Luft gemäß den jüngsten Anti-Raucher-Gesetzen; aber nur auf den ersten Blick. Hier hatten sich wohl alle Solinger Raucher der Stadt versammelt. Die meisten von ihnen hatten dieses Restaurant gewählt, weil es 7 – 8 Menügänge gab, also gab es auch ebenso viele Essenspausen, die genutzt werden konnten, um vor der Türe jeweils eine (oder zwei) Zigaretten zu rauchen. Hierzu marschierten die Raucher quer durch das Restaurant, zogen sich vor unserer Nase die flauschigen Daunenjacken an, öffneten die Türe und ließen kalte und rauchgeschwängerte Luft von draußen hinein. So langsam kannten wir die Leute: die kurzrockige Dame mit den tollen Strumpfhosen, den bärbeißigen Riesen mit dem Stiernacken, den nicht silvestergemäßen Jeans- und Pullovertyp, den intellektuellen Fliegenträger, der angeblich nur frische Luft schnappen wollte, die schulterfreie Mondäne und auch die Restaurantangestellten. Wenn man eine Pendeltüre eingebaut hätte, wäre weniger kalte Luft an unsere Beine gekommen. Aber diese höflichen Raucher hielten sich immer hilfsbereit gegenseitig die Türe offen. Zunächst machten wir lästerliche Bemerkungen, dann schimpften wir schon etwas deutlicher und dann kam es fast zu einer Schlägerei zwischen mir und einem angetrunkenen Provokateur, der die Türe absichtlich offen hielt, um uns zu reizen. Also es war etwas los!

Die 7-8 Gänge – soviel kann schon verraten werden – waren ausgezeichnet, erst recht, wenn man bedenkt, dass das alles in einer kleinen Mini-Küche angerichtet wurde, die nicht an die Maße der Herrentoilette herankam. Mit einem „innovativen" Prosecco (die innenliegenden Früchte sind mir unbekannt) begann es, die Riesengarnelen haben sich mit Hummercreme angereichert, Büffel-Mozzarella hat sich mit Fisch-Ragout verbündet, ein rosa Kalbsfilet, von dem ich doppelt profitierte, weil es für meine Frau zu rosa war, ein Feigensorbet, um nochmals Appetit zu bekommen, den Seeteufel, der im Pinot Grigio badete und zuletzt ein „Baba" (unser Gourmet am Tisch kannte dies) als Dessert. Eigentlich hätte diese Speisenfolge unseren Sommelier am Tisch überfordert, aber es war für ihn ein gefundenes „Fressen". Wir tranken je nach Gang abwechselnd Weiß- und Rotwein. Also hatte der Restaurantbesitzer ganze Arbeit geleistet: wir mussten mehrfach die Weinfarbe wechseln, was umsatzsteigernd wirkte. So kamen wir im Laufe des Abends auf fast 2 Flaschen pro Person, abgesehen von den Prosecco, den Grappas und den Espressi (man würdige meine italienischen Pluralkenntnisse!). Die Bestellung war nicht ganz einfach, weil wir zunächst die Weinkarte von 2000 erhielten und diese Weine auch schon anderen zu gut geschmeckt hatten. Aber dank unseres Fachmanns am Tisch hat alles gemundet.

Und dann wurde uns zu diesen niedrigen Menüpreisen auch noch Live-Musik geboten. Natürlich italienische Musica, gesungen vom Restaurantbesitzer. Das meiste war – passend zu den Gästen – aus den 60er Jahren und zum Mitsingen oder Mitgrölen. Der Vorsänger fand manchmal die richtigen Töne, aber nicht immer; da wurde es halt zum Liederratewettbewerb. Die Musik wurde geschickt eingesetzt, um die mehr oder weniger langen Menüpausen zu überbrücken. Plötzlich standen zwei Männer mit stark südländischem Aussehen im Türrahmen und suchten den Inhaber. Wir tippten sofort auf die Mafia, aber sie gingen zur Musikecke und spielten uns mit Gitarre und Mundharmonika einige schmissige südeuropäische Schlager vor. Wir waren uns nicht einig, woher diese Leute kamen. Sie verbreiteten etwas Unruhe, als ein Taxifahrer nach ihnen fragte, sie von Tisch zu Tisch mit einem Brotkorb für eine Spende für ihre darbenden Familienmitglieder warben. Irgendwas spielte sich hinter uns zwischen Wirt und Musikkünstlern ein wenig kontrovers ab; vielleicht war vorher nicht geklärt, wer die Taxikosten bezahlt. Auf jeden Fall waren uns diese Künstler lieber als Mafiakassierer.
Die übrigen Gäste waren mit den tollsten Feuerwerksbatterien ausgestattet, wovon wir sehr profitierten. Ein Paar hatte den ganzen Abend verschiedene Arten von Tischfeuerwerksartikeln und erheiterten damit ihre Tischnachbarn, vor allem die Kinder.

Italienisch war auch, dass die Wirtskinder (6 und 8 Jahre) zwischen den Tischen wirbelten und sich zuweilen auch behilflich machten. Überhaupt war die Stimmung italienisch lebhaft, liebenswürdig, locker und laut. Viel dazu beigetragen hat der singende Wirt, der sehr kommunikativ und überhaupt nicht gestresst wirkte. Er stellte auch das gesamte Restaurantteam vor, wobei es sich fast nur um Familienmitglieder handelte, aber verwirrend mit Ehepartner, Geschwister und ich weiß nicht mehr. Sie waren überwiegend italienischer Herkunft, aber auch aus Deutschland und Rumänien.

Wir hatten es bis 1.30 h ausgehalten und sind dann etwas zickzackmäßig – also nicht gerade die Luftlinie – nach Hause gegangen

Erlittenes

Auch das wurde in den Kurzgeschichten festgehalten:

Ein Sturz von der Leiter im Wohnzimmer und ein Auto-Unglück beim Rückwärtsfahren. Aber auch der Körper hat im Laufe der Zeit gelitten, wie das Gedicht „Topfit aber" verrät.

Die eigene Dummheit und die daraus entstehenden Missgeschicke finden sich bei den Geschichten über den Natural- und den Manteltausch wieder.

Der Sturz

Die Spinnweben oben an der Decke störten auf Dauer doch sehr. Die meisten ließen sich leicht entfernen. Doch wenn man ein Haus mit einer Galerie hat, gibt es fünf Meter hohe Wände, die sich bei den Spinnen wohl einer besonderen Aufmerksamkeit erfreuen. Und auch diese Spinnweben müssen irgendwann mal weg!

Also die im Garten bewährte Vier-Meter-Alu-Leiter im Innendienst einsetzen. Beim ersten Ansatz an der Linkswand war sie recht steil angestellt. Die Angst, sie könnte beim heftigen Kampf mit den oberen Spinnweben nach hinten kippen – und dann gibt es ja im Hause keine rettenden Baumäste – setzte sich langsam durch.

Der Lernprozess bei der nächsten und letzten Leiter-Anstell-Operation wurde vollzogen: Die Leiter wurde unmittelbar neben der Glastüre nicht so steil, sondern relativ schräg angestellt. Auf jeden Fall besteht nun nicht mehr die Gefahr, dass sie nach hinten kippt.

Mit dem Besen als Waffe gegen die hässlichen Spinnweben bewaffnet, stieg ich die Leiter hoch. Hochkonzentriert schaute ich nach oben, wo der Besen tatsächlich an diese Spinnweben ragte, aber trotz Recken und Strecken konnte ich sie nicht entfernen. Fast unbemerkt setzte sich plötzlich die Leiter in Bewegung. Leider nicht nach oben, auch nicht nach rechts oder links. Sie senkte sich zeitlupenartig nach unten; das obere Leiterende rutschte an der Wand nach unten, weil – wie ich in Bruchteilen von Sekunden erfasste – das untere Ende der Leiter auf dem glatten Parkettboden nach hinten rutschte. Wie ließ sich dieser unglückselige Prozess stoppen oder die Katastrophe noch abdämpfen? Zumal nach zwei Meter Wand nach unten eine Türöffnung (bei offener Türe) folgte und der Rutschprozess an der Wand entlang mangels Widerstand ein natürliches (schreckliches) Ende haben würde. Der freie Fall der Leiter drohte. In diesen Sekundenbruchteilen geht alles ganz schnell und zugleich auch ganz langsam. Die Folgen des Unfalls werden vorgeahnt, die noch verbleibenden Verhinderungschancen werden schneller durchgecheckt, als jedes Softwareprogramm es kann.

Aber alles ohne positives Ergebnis. Es blieb nur die Chance, durch einen günstigen Aufprallwinkel die wichtigsten Körperteile zu schützen. Hier setzte das menschliche Softwareprogramm ein – das instinktive Handeln. Der Kopf ist das Wichtigste – also zur Seite drehen und erst die Schulter aufprallen lassen. Eine Schulterverletzung ist auch nicht so ohne – also lieber die Hände an die Aufprall-Front lassen. Und das alles bei einem Rechtshänder – dann lieber auf der linken Seite.

Leider wurde dieser Instinktivprozess zu früh gestoppt – das schwierige Körperteil "Handgelenk" kam nicht mehr ins Kalkül. Auch nicht mehr der linke Oberschenkel, der die Leiter näher kennenlernen musste.

Endlich knallte es – überraschend laut. Der Parkettboden hatte die Leiter und gleichzeitig mich zurück. Die Leiter verkraftete dies mit einem lauten hohlen Klang – romms. Ich schrie auf und ächzte vor Schreck und Schmerzen.

Sofort setzte der Kontrollprozess ein. Was tat sehr weh, wie stark wurden die Funktionen beschädigt, wie kann ich die krumme Liegeposition verändern, wie kann ich aufstehen? Nebenher bemerkte ich, dass ich ganz alleine im Hause war, das Telefon sich nicht in Reichweite befand und alle Fenster und Türen geschlossen waren – Rufen zwecklos.

Unmittelbar danach machte ich mir klar, dass der Tag nicht wie geplant ablaufen wird. Der Gartenmüll wird nicht weggefahren, die sonnige Radtour fällt aus. Auch ein Autofahren und das für den nächsten Tag geplante Golfspiel muss wohl geopfert werden. Verdammt noch mal – und das alles wegen meiner Leichtsinnigkeit!

Autofahren konnte ich mit Mühen am nächsten Tag, das Golfspiel recht und schlecht in einer Woche. Insbesondere das Handgelenk hat mich noch lange an diesen Sturz erinnert. Investiert habe ich inzwischen eine Teleskopstange mit Wedel. Seitdem ist unser Haus bei den Spinnen total unbeliebt.

Der tote Winkel

Natürlich nenne ich meinen Namen nicht. Keine Kraftfahrzeugversicherung würde mit mir noch einen Vollkaskovertrag abschließen wollen. Dabei bin ich willens, den Schadensfreiheitsrabatt zu maximieren, was mir auch bei der Haftpflichtversicherung gut gelingt. Noch hat niemand unter meinen Fahrkünsten physisch leiden müssen.

Meine Schwäche liegt allein im Rückwärtsfahren. Mich würde vielleicht ein polizeiliches Warnsystem mit Ta-tü-ta-ta auf dem Dach, sobald der Rückwärtsgang eingelegt wird, retten. Hilfreich ist schon beim Automodell meiner Frau (VW-Caddy) , dass beim Rückwärtsgang das Radio (CD) ausgeht und die Aufmerksamkeit voll auf das Rückwärtige gelenkt wird. Beim letzten Autokauf glaubte ich noch, dass das Abstandsfunksystem Kollisionen vermeidet. Natürlich braucht solch ein System ein wenig Reaktionszeit – beim lauten Tuten ist es jedoch fast schon zu spät. Das System hat den Nachteil, dass das (externe) Krachen durch das (interne) Tuten begleitet und leider sogar überlagert wird.

Ich hatte in den letzten Jahrzehnten viele Variationen drauf, um das Autohinterteil zu attackieren.

Ich habe Baumstämme angegriffen. Das Kräftemessen gewann eindeutig der Baum. Wirklich gemein sind halbhohe Mauern- oder Stahlrohre; die nicht durch die Rückspiegel – immerhin drei an der Zahl – wahrzunehmen sind. Zumindest dann nicht, wenn ich den toten Winkel gewählt hatte. Auch Schilderpfähle, mit denen ich unfreundliche Bekanntschaft machte, stehen fast immer im toten Winkel.

Die meisten Unfälle waren noch in einem tolerierbaren Kostenrahmen zu bewältigen. Mitunter leidet noch nicht einmal das Auto. Gestern traf es meine Tennistasche inkl. den Tennisschlägern. Als die Tennistasche hinter dem Auto in den Kofferraum gestellt werden sollte, stelle ich fest, dass ich den falschen Autoschlüssel in der Hand hielt. Also Tennistasche stehen lassen und den richtigen Schlüssel holen. Ausgerechnet jetzt kam ein Bekannter vorbei, den ich kurz begrüßte. Diese Ablenkung reichte, um direkt ins Auto zu steigen, den Wagen zu starten und rückwärts zu fahren. Gegenüber auf der anderen Straßenseite kam ein Ehepaar mit Kinderwagen vorbei. Das Kind verlangte gerade keine Aufmerksamkeit, sonst hätten die Beiden nicht mit offenem Mund auf mein Auto geschaut und sofort zu gestikulierten angefangen. Ich erkannte zwar sofort, dass dies kein netter Gruß (ich war schon bereit, zurückzugrüßen) war, sondern eine Warnung, dass ich sofort stoppen sollte. Was haben die denn? Also Fenster runtergekurbelt und Frage, was denn sei. Meine Tasche oder etwas Ähnliches sei unter dem Auto. Sie wäre gerade unter die Räder gekommen. Sofort fiel es mir ein, die Tennistasche hatte ich überfahren. Sie war nun festgeklemmt zwischen Straße und Autochassis. Die Frau half kräftig und ohne Rücksicht auf den Inhalt mit und schaffte sogar die Tasche hervor. Alles sah gar nicht so demoliert aus. Aber in der Umkleidekabine stellte ich später unter dem Gelächter meiner Tenniskumpels fest, dass ein Schläger seltsam verbogen war und beim zweiten Schläger die Bespannung Löcher hatte. Hose, Hemd und Handtuch waren gebügelt, die

Schuhe richteten sich auf – das Handy war Gott sei Dank in meiner Hosentasche geblieben.

Alles geschah mit einem Leihauto, da mein Auto in Reparatur war. Das Leihauto hatte die Kollision fast nicht überlebt- ein Schaden von über 7500 Euro. Die Versicherung fragte nach dem Unfallgegner: Es war der große Bauschutt-Container. Er stand natürlich am falschen Ort – genau gegenüber unserer Garagenausfahrt. Dort ist ebenfalls eine Garagenausfahrt, nämlich die des Nachbarn – also kein normaler Aufenthaltsort für einen Container, der sämtlichen Bauschutt von dem abgerissenen Haus gegenüber aufnahm. Ich plädierte auf schuldig und machte mildernde Umstände geltend. Ein Auto hielt an und nötigte mich mit freundlicher Geste zum Rücksetzen auf die Straße. Da von der anderen Richtung sich ebenfalls ein Fahrzeug näherte, war ich zu einem forschen Rücksetzen gezwungen. Optisch war es wieder der tote Winkel und die jahrelange Erfahrung, dass an dieser Stelle nie etwas im Wege stand. Akustisch war es ein lauter Knall, als die hintere Seite meines Autos auf den Container traf. Der schüttelte sich nur kurz und stand wie eine Eins. Nicht so mein Auto. Mir schwante Schlimmes; am liebsten wäre ich gar nicht ausgestiegen. Ein zweites Mal traf mich der Schock. Kotflügel, Lampen und Stoßstange (alles kompakt und fest integriert) waren heftig demoliert. Mein Kurzkommentar ist nicht zitierfähig. Niemand stand in der Nähe – die wartenden Autos waren vorbeigerauscht. Kein Mitleid oder eine beruhigende Bemerkung waren zu erwarten. Es war mein Schadensrekord, wie ich dann in der Werkstatt erfuhr.
Ich habe noch am gleichen Tage gegoogelt. Erfolglos. Es gibt leider keine Fahrschule für das Rückwärtsfahren. Es gibt auch

keinen Fahrzeughersteller, der ein Auto ohne Rückwärtsgang
anbietet. Es gibt keinen Gesetzgeber, der den toten Winkel ver-
bietet. Alle lassen mich mit meiner wohl angeborenen Rück-
wärtsfahrschwäche allein.

Naturaltausch

Das gibt es noch im 20./21. Jahrhundert im fortschrittlichen Deutschland. Wir haben den Naturaltausch erlebt … besser erlitten.

Endlich waren wir den schon lange gefahrenen blauen Mercedes 230 satt. Wir kauften kurz entschlossen einen neuen 5er BMW. Die Inzahlungnahme beim BMW kam angesichts des gebotenen niedrigen Preises nicht infrage. Wochenlang versuchten wir erfolglos auf Gebrauchtautomärkten oder durch Zeitungsinserate, das Auto an den Mann zu bringen.

Schließlich bekamen wir eine Zuschrift. Augenscheinlich konnte man aus dem Text erkennen, dass es keine deutschen Interessenten waren. Bestätigt wurde dieser Eindruck beim Telefonat mit den potenziellen Autokäufern – es klang muselmanisch-türkisch-iranisch. Schon am Telefon wurde uns vermittelt, dass der Preis zwar etwas hoch sei, aber wenn wir dazu einen kleinen Teppich übernehmen würden, käme man wohl preislich schon zusammen. Trotz gewisser Bedenken vereinbarten wir, uns im Hause der Interessenten in Essen am kommenden Samstag zu treffen.

Da wir keine Ahnung vom Wert eines orientalischen Teppichs haben, suchten wir zunächst telefonisch in Essen ein Geschäft, das derartige Teppiche verkauft. Wir riefen dort an, um ggfs. deren Schätzhilfe am kommenden Samstag in Anspruch nehmen zu können.

Wir fuhren relativ früh mit unserem Verkaufsauto nach Essen. Wir wurden sehr freundlich empfangen; die Wohnung sah sehr ordentlich, jedoch orientalisch aus. Sofort wurde uns Tee angeboten und man schwätzte über dieses und jenes. Merkwürdig war, dass die Personen permanent wechselten; es war wohl eine Großfamilie. Ungeduldig führte ich das Thema auf unser Auto. Nach einigem Hin und Her gingen wir nach draußen, um das Auto zu betrachten. Natürlich fanden die Herren diesen und jenen Kleinschaden, um die Verhandlungsposition vorzubereiten.

Wieder drinnen ging die Schacherei los. Natürlich immer wieder Tee und Süßigkeiten, von einer Frau mit Kopftuch serviert. Orientalischer Handel – wie im Bilderbuch.
Als der etwas abgesenkte Preis – ich hatte im Inserat etwas Luft eingebaut – abgehakt war, kam es zum Hauptthema – der Bezahlung. Ein Teil sollte kreditiert werden, ein relativ hoher Anteil sollte in „exzellenten" Teppichen bezahlt werden und der Rest dann in cash bei sofortiger Übergabe.

Bei den Teppichen waren wir sehr zögerlich. Die potenziellen Käufer erklärten uns von vorne bis hinten die Qualitätsmerkmale von persischen Teppichen. Uns bot man den weltbesten Teppich – gerade produziert im Iran von den besten Teppichfabrikanten – an. Drei Teppiche, die wegen ihres Wertes mehr für die Wände als für den Boden taugten, sollten wir in Zahlung nehmen. Sie ließen uns auf unseren Vorschlag hin die Chance einer externen Überprüfung.

Also ab nach Essen zum Teppichhändler in der Innenstadt. Es war ein großes und auch in Essen bekanntes Teppichunternehmen. Wir legten die Teppiche vor. Der dritte angesprochene Verkäufer nahm endlich Stellung und zwar äußerst positiv. Der

Preis wäre jedenfalls gut gerechtfertigt. Meine Frau und ich wurden den Eindruck nicht los, dass unsere Autokäufer hier Einfluss genommen hatten, vielleicht sogar gegen Provision. Man kennt sich doch als Iraner in Essen!

Wieder zurück im Hause des Verkäufers lernten wir noch weitere Personen kennen. Das angebotene Getränk – es war bereits Mittag – wurde geändert; es gab nun leckeren Likör oder so was Ähnliches. Dies wurde mit viel Überredungskunst serviert. Meine Frau trank aus Freundlichkeit mit. Mit etwas erröteten Köpfen wurde weiter verhandelt. Nach gefühlt einer weiteren Stunde haben wir uns geeinigt: hauptsächlich Bargeld, zwei Teppiche der besten Sorte und einen Teppich als Kreditsicherheit mit der Maßgabe, dass wir das Geld nach einem Monat erhalten sollen.

Wir mussten ein Taxi für die Fahrt nach Hause ordern und alle persönlichen Sachen aus dem Auto räumen und in die Plastiktüte tun. Mit den drei Teppichen unter dem Arm, etwas angetrunken, und auch etwas Bargeld im Geldbeutel bestiegen wir das Taxi. Nach einem Kilometer sprach uns der Taxifahrer an, ob wir denn unser Auto gegen die Teppiche eingetauscht haben. Etwas beschämt bejahten wir dies. Er berichtete süffisant, dass er die Leute kenne, die in der letzten Woche eine Fahrt nach Aachen gegen einen „tollen" Teppich machen wollten. Mit großem Einsatz hatte er es letztlich geschafft, Bargeld zu erhalten.
In der Taxifahrergilde seien die Herrschaften und ihre „Verkaufsmethoden" bekannt.

Uns wurde richtig schlecht und schwindlig. Wir haben uns verständigt, niemanden von unserem exotischen Autoverkauf zu erzählen. Mir war es besonders peinlich, da ich einige Jahre in meinem Job mit arabischen Energieverkäufern zu tun hatte und mich doch „bestens" auskannte.

Das schlechte Ende dieser Transaktion ist schnell erzählt. Wir bekamen trotz erheblicher Bemühungen unser Rest-Geld nicht. Der Kreditteppich war auch nicht viel wert. Die teuren Teppiche kamen nicht an die Wände, sondern auf den Dielenfußboden, bis sie uns nicht mehr gefielen bzw. uns zu sehr an unseren Missgriff erinnerten.

Und wir erzählten zur Erheiterung der Leute die Geschichte fast überall. Natürlich nur, um die Leute vor so etwas zu warnen.

Der Manteltausch

Schuld an allem ist natürlich die Mantelmode. Alle Mäntel äh-
neln sich in Farbe und Form. Und wie kam es zu dieser Mantel-
odyssee?

Ich war zu einer Tagung in einem größeren Hotel. Da kalter
Winter war, kamen alle Veranstaltungsteilnehmer mit Mänteln.
Da ich etwas spät dran war, fand ich volle Kleiderstangen vor.
Aufgrund schlechter Erfahrungen – oder war es eine Vorah-
nung – nahm ich meinen Autoschlüssel aus der Manteltasche
und packte ihn in meine Aktentasche, hing den dunkelblauen
Mantel ganz weit rechts auf die Stange.

Nach Beendigung der Tagung – auf den letzten Beitrag verzichtete ich – suchte ich meinen Mantel auf einer der Kleiderstangen. Nach längerer Suche entschied ich mich trotz einer gewissen Unsicherheit für einen Mantel; er passte auch recht gut.

Zu Hause angekommen merkte meine Frau relativ schnell, dass
ich einen falschen Mantel gegriffen hatte. Ich fand den Mantel
zwar nicht minder passend und schön, meine Frau meinte jedoch, mein verlorener Mantel wäre doch schöner … und der andere Herr müsse doch auch seinen eigenen Mantel wiederbekommen.

Rückfragen beim Hotel ergaben, dass der andere Mann (oder
ebenfalls seine Frau) tatsächlich derselben Meinung war und
den mitgenommenen Mantel umtauschen wollte; er lag schon
dem Hotel vor.

Ich packte mir zu Hause den Mantel und schickte ihn an das Hotel. Der Fall erledigte sich somit schnell.

Mein Mantel kam bald zurück. Ich war glücklich. Aber nicht meine Frau. Sie vermisste seit Kurzem ihren dunkelblauen Mantel. Ein Verdacht kam bei mir auf. Nach einer Woche Ungewissheit – mein Schuldbewusstsein wuchs – kam die auflösende Nachricht, dass ich den falschen Mantel verschickt hatte und mein „Mantelpartner" mit dem Damenmantel wirklich nichts anfangen konnte. Er schlug einen „endgültigen" Umtausch vor und ich willigte freudig ein. Zweimal wurde nochmals die Post beschäftigt und jeder war glücklich.

Als wir dies unseren Freunden erzählten, haben sie neidisch erklärt, dass wir immer Glück haben und alles wieder zurückbekommen. Na ja, meine Reputation habe ich doch verloren.

Topfit, aber …

Er hat zwar ein paar Jahre schon auf dem Buckel,
sieht sich aber topfit auf dem Sockel.
Na ja, zwar kein jugendlicher Held,
doch ein Mann, der schon gefällt.
Er nimmt es mit jedem auf, der es wagt,
keiner sieht jedoch hinterher, wie er denn klagt.

Der Körper ist noch gerade rank und schlank,
aus der Ferne wirkt er auch nicht krank.
Das rechte Knie tut's aber nicht mehr richtig,
der Rücken nimmt den Ischiasnerv sehr wichtig.
Die Zehen wirken oft sehr taub,
Diabetes ist schuld an diesem Nervenraub.
Auf dem Kopf sind einige Stellen wund,
das liegt auch an dem Haaresschwund.
Im Mund hat der Zahnarzt laboriert,
die dritten Backenzähne implantiert.

Ab und zu will das Essen wieder raus;
das sieht ja ganz nach Reflux aus.
Im Blut tanzen gern die Cholesterine,
Mit hohem Druck, leider auch zu viele.
Die Beine lösen des Nachts Krämpfe aus,
sekundenschnell dann aus dem Bette heraus.
Zum Überdruss verirrt sich der Daumen in die Türe,
Besser aufpassen, so hört man dann Schwüre.

Aber sonst ist er ganz schön fit,
hält mit den jungen Männern mit.
Etwas Eindruck auf die Leute macht,
nur wer ihn näher kennt, der lacht.

Unterwegs

Reisen mit dem Flugzeug, der Eisenbahn und dem Schiff schaffen Erlebnisse. Der Kampf um die Mittellehne ist jedem vertraut; im Zug trifft man nette und weniger nette Menschen und auf einem Schiff lässt es sich herrlich entspannen.

Reiseimpressionen aus so verschiedenen Zielen wie Namibia, Norwegen, Kuba, Rom, Stockholm, Maspalomas und Ruhpolding, wo wir viele Jahre über eine Ferienwohnung verfügten, habe ich – manchmal auch nur stichwortartig – festgehalten. Sie stellen keinen Versuch dar, Reiselektüre über diese Ziele zu ersetzen, sondern sind Eindrücke und Erfahrungsberichte aus meiner persönlichen Sicht.

Dabei setze ich mich mit den All – Inclusive-Hotelangeboten, einer Tausendsassa – Reiseleiterin, einem belauschten Gäste-Dialog und der auf Reisen überhand nehmenden Fotografiersucht auseinander.

Der Kampf um die Mittellehne

Das Flugzeug ist zweifellos das schnellste Verkehrsmittel; für eine weite Reise sicher auch die bequemste Variante. Außerdem ist es neben einem vollbesetzten Bus die beste Gewähr, sich menschlich sehr nahe zu kommen.

Langes Sitzen kann jedoch zur Qual werden; enges Sitzen mit geringer Beinfreiheit wird zur Tortur. Man kann es aber noch steigern, wenn alle Sitze neben einem belegt sind. Ausverkauft! Gut für die Airline, schlecht für die Passagiere.

Es gibt nur eine Armlehne, die den einen Passagier von dem anderen trennt. Sie ist nur ca. 6 cm breit, bietet auf jeden Fall nur Platz für einen Arm oder einen Ellenbogen. Eine Lehne und zwei menschliche Arme – die Kampfsituation ist hergestellt.
Beim Anlagen des Sicherheitsgurtes darf man noch „grenzüberschreitend" tätig werden – also solange fummeln, bis beide Enden des Gurtes gefunden sind. Mit dem Klicken der Gurte wird der Kampf eröffnet. Jeder weiß es, doch ich habe noch nicht erlebt, dass eine irgendwie geartete Kompromissverständigung getroffen wird, also vorab der Kampf beigelegt wird. (Ausnahme besteht bei Verliebten, bei denen selbst die Lehne stört.) Hat man Tuchfühlungsängste, ist der Kampf schon verloren.

X und Y nehmen den Kampf auf. X nimmt seinen Ellenbogen nach vorne, Y muss mit dem hinteren Teil zufrieden sein. Besetzt X die gesamte Lehne, muss Y eine günstige Gelegenheit (z. B. beim Servieren des Tomatensaftes) abwarten und das Terrain schnell besetzen. Wird dann noch der Vordersitz nach hinten ge-

schoben oder der Tisch heruntergeklappt, ist die Bewegungsfrei-
heit noch weiter reduziert. X packt den Laptop aus, Y nimmt die
FAZ zur Hand. Jeder wartet nun auf seine Lehne-Chance: beim
Umblättern der Zeitung oder beim Berühren der Laptopoberflä-
che

.

Beide mimen Abgelenktheit – ein versteckter aber umso verbis-
senerer Kampf. Manchmal muss auch mit sanftem Drücken der
andere Arm zurückgedrängt werden.

Kämpfen macht müde – das Fliegen ohnehin schläfert ein. Hoffentlich lehnt sich die Nebenfrau – offenbar eine Tochter von
Rainer Calmund – sich zur anderen Seite. Ich erinnere mich an
eine Karikatur, wo ein älterer, wohlbeleibter Mann sich schla-
fend mit seinem Kopf (vielleicht auch noch schnarchend) auf die
Schulter der daneben sitzenden Dame verirrt und sie sich nicht
traut, sicher zu bewegen.

Ach, Sie wollen noch wissen, wer den Kampf gewonnen hat.
Die Airline; sie prüft, ob noch mehr Passagiere in die Maschine
passen. Die Stewardessen stören, sonst könnte der Mittelgang
belegt werden. Sollte dann noch das menschliche „Entsorgungs-
problem" erledigt werden müssen, würde das Mittellehnen-
Kampfgebiet bedeutend erweitert.

Episode im Zug-Bistro

Mittelalterlicher Mann, nicht sonderlich gut oder schlecht gekleidet, hat ein Kofferradio mit und macht in dem Zugbistro kräftig Musik. Schaffnerin und eine ostdeutsch sprechende Serviererin bitten ihn höflich, das Radio auszuschalten, weil dies verboten sei. Der Mann erregt sich darüber, faselt von anderslautenden Schaffnerauskünften und droht dann mit dem Rechtsanwalt, wird immer penetranter und schimpft auf Schröders Neue-Länder-Unterstützung, beleidigt die ostdeutsche Sprache, will nichts mehr im Restaurant verzehren, wackelt immer mehr mit seinem Kopf, spricht vor sich hin, sucht Kontakt mit anderen Fahrgästen, egal ob mit Zustimmung oder mit Widerspruch.

Soll man ihn zurechtweisen, Partei ergreifen, ebenso schimpfen. Einerseits wäre es (moralisch) nötig, den beiden weiblichen Bediensteten beizustehen, andererseits kann es dann eskalieren. Am besten, man straft diesen Typen durch demonstratives Nichtbeachten und Ignoranz. Man begibt sich doch nicht auf diese Stufe!

War dies richtig so? Gewissensbisse plagen. Situation und Chance sind unwiederbringlich vorbei.

Also was bleibt einem? Es sich von der Leber schreiben, was es für unglaubliche Zeitgenossen gibt. Gesagt, getan.

Ruhe, Ruhe …

Reisen kann anstrengend sein. Es gibt jedoch eine Art des Reisens, die extrem entspannend ist: das Reisen per Schiff. Noch entspannter ist es auf der Hurtigruten-Reise durch die Fjorde Nord-Norwegens. Der Superlativ ist aber die Fahrt mit der relativ neuen MS Midnattson im Panoramaraum im Vorschiff – „die schönste Schiffreise der Welt", wie der Slogan auf dem Schiffsdeck uns auch sagt.

Man fährt dort nicht, man gleitet durch die widerstandslosen Fjordgewässer. Bei 15 Knoten – also deutlich unter 30 km/h – schwebt das Schiff ruhig dahin – und das den ganzen Tag lang (und natürlich auch die Nacht). Es ist die Entschleunigung des Lebens, die erzwungene Ruhe, die positive Langeweile.

Die norwegische Fjordlandschaft zieht vorbei – mühelos, scheinbar windstill, sonnig, wolkig. Die Landschaft rechts und links sieht einander ähnlich und doch sehr differenziert aus. Anfangs noch in südlicher Umgebung unterhalb des Polarkreises lieblich grün, Wasserfälle, vereinzelte Schneereste (im August!), Kleinstädte, Höfe, Bootshäuser, Ferienhäuser (z. T. nur 5 km vom eigenen Wohnort entfernt). Regen und Sonne zugleich formen fantastische Regenbögen. Immer wieder bilden sich neue seltsame Wolkenformationen; sie konkurrieren mit der umgebenden Landschaft um den Schönheitspreis. Weiter nördlich wird es rauer. Felsen, erodierende Berghänge, Schotter, Gletscher, tiefer gelegene Schneereste, nur noch wenige Häuser und Dörfer.

Zuweilen beschleicht einen das Gefühl, das Schiff bleibt stehen und was noch überraschender ist, die Welt bleibt stehen. Faulheit und Müdigkeit überfallen einen, aber die Augen müssen offen bleiben und schauen ...

Unglaublich, dass man hiervon müde werden kann; es ist die Passivität in Reinform. Körper und Geist werden leichter – dem Schiff gleich schwebt man dahin.

Und das alles über mehr als 5000 km in 12 Tagen – es ist eine Kur für Auge und Gemüt.

PS: Hurtigreisen bedeutet eigentlich schnell reisen, also paradox – aber die Norweger haben wohl andere Geschwindigkeitsmaßstäbe.

Impressionen einer Namibia-Reise

- **Der Flug**

Vorweg: Dies ist keine Beschwerdenotiz, aber die Reise hätte netter starten können. Flug-Nr. 284 SW (steht für South West, Namibia bezogene Kürzel waren bei Beginn der Selbstständigkeit 1990 alle vergeben!) von Frankfurt nach Windhoek, der abends startete und früh morgens in Windhoek landete. 10 Stunden Nachtflug.

Es war ein betagter Airbus A 340, wohl eine Entwicklungshilfe aus Deutschland, der den Buchrestwert von 1 Euro erreicht hatte. Keine Chance bestand, den engen Sitzen auszuweichen; der Flieger war proppenvoll, was man beim sehr ausgedehnten Startvorgang auch merkte. Die Bildschirm- und Audioanlagen waren nur stellenweise intakt, die Durchsagen des Piloten (oder wer war das überhaupt?) unverständlich.

Die Hoffnung verlagerte sich auf Essen und Trinken; beim Essen umsonst. Gott sei Dank gab es Windhoek-Lager, ein leckeres Bier, gebraut nach dem deutschen Reinheitsgebot, was dick auf dem Label vermerkt war, freundlich gereicht. Ebenso wie die Qualität der Versorgung war auch die der Entsorgung, insbesondere am frühen Morgen, als jeder Passagier 2-3mal seinen Besuch dort abgestattet hatte.

Von Schlafen war keine Rede; ich habe ungefähr 20 verschiedene Schlafstellungen durchprobiert – und nicht die richtige gefunden.

Und die Moral von der Geschichte: Einmal angekommen vergisst man alles schnell.

- **Lernen aus der Tierwelt**

Von unserem Reiseleiter lernten wir sehr viel. Einige Kostproben beziehen sich auf die Tierwelt.

Der Gelbmaskenweber kennt eine klare Arbeitsteilung zwischen den männlichen und den weiblichen Exemplaren. Die Männer bauen mit größter Mühe Nester an die Spitzen von Zweigen eines Akazienbaumes. Die Frauen begutachten die Nester und weisen schlechte Bauqualitäten zurück. Sofort bauen die Männer im harten Wettbewerb neue Häuser … und manchmal findet das sogar die Gnade des Weibchen.

Und die Moral von der Geschichte: Nicht Schönheit oder Sympathie, sondern handwerkliche Fertigkeiten entscheiden.

Die Seidenweber – Vögel bauen riesige Mehrgenerationenhäuser. Dort findet die gesamte Verwandtschaft von manchmal über 200 Vögeln Platz. Die Eingänge der separaten „Wohnungen" liegen unten. Aufpassen müssen die Vögel auf Schlangen, die sich an den Ästen hochrangeln. Auch der Regen (zuweilen gibt es ihn auch in Namibias Wüsten) ist eine Gefahr, weil er die Nester zusammenfallen lässt.

Und die Moral von der Geschichte: Es klappt mit dem Mehrgenerationenhaus, aber die Risiken einer Totalvernichtung der Verwandtschaft sind groß.

Die Termiten gehören zu den ganz alten Tierarten. Man sieht ihre Behausung zwei Meter über die Erde, übersieht aber, dass sie bis 80 m tief ihren Keller haben. Klare Rollenverteilungen prägen das Leben der Termiten. Das Königspaar hat viel Arbeit bei der Aufzucht, dann übernehmen jedoch die Arbeiter, Soldaten, Essensbeschaffer etc. die Aufgaben des Termitenvolkes. Nachts ist highlife; gefressen wird aber nur Altholz; man denkt an die Zukunft.

Und die Moral von der Geschichte: Die Menschen sollten mehr auf die Verhaltensweisen der Tiere achten und sie nicht nur jagen, verzehren und vernichten.

- **Die Eisenbahn**

Namibia ist ein großartiges Beispiel für den volkswirtschaftlichen Wert der Eisenbahn. Die Deutschen – mit den Erfahrungen des Heimatlandes – bauten um 1900 mehrere Eisenbahnlinien in Namibia. Insbesondere schuf die Eisenbahn in diesem weitläufigen, wenig besiedelten Land Nabelschnüre von der Atlantikküste zu größeren Inlandssiedlungen. Die Schienenspur war kleiner als in Deutschland; 800 Höhenmeter waren zu überbrücken; Wassertankstellen und Bahnstationen mussten vielfach neu errichtet werden. Das Versandungsproblem von Wüsten musste gelöst werden.
Leider sieht man wenige Züge; hoffentlich bringt die vermehrte Kalkproduktion bald mehr Verkehr. Der Neubau der Strecke von Lüderitz nach Keetmanshop längs der Bundesstraße ist geplant und wird projektiert. Vielleicht sollte man sich den Bau der Strecke Tsumeb nach Windhoek zum Vorbild nehmen. Alle

Bewohner in der Umgebung packten damals beim Trassenbau – auch an Feiertagen – an; die Bahn wurde in Rekordzeit fertiggestellt.

Und die Moral von der Geschichte: Ein Land braucht eine Infrastruktur, erst dann blüht es auf.

- **Lüderitz – eine Stadt im Abseits**

Lüderitz liegt zwischen dem Atlantik, den Wüsten und den Diamanten-Sperrgebieten, was um die vorletzte Jahrhundertwende ein Riesenvorteil war. Es war das Tor zum Inland, der Startpunkt zur Diamantensuche, ein strategisch-wichtiger Hafen, was Südafrika lange ein Dorn im Auge war. Die Zeugen dieser Blüte sind die schönen Jugendstilhäuser, die inzwischen stillgelegte Eisenbahnstrecke mit dem sehenswerten Bahnhof, die früher mal ansehnliche Geisterstadt Kolmannskuppe und die Wildpferde in der Nähe. Die Städte sehen ein wenig wie norwegische Städte aus.

Beleg, dass Lüderitz schon früher nicht besonders gut ankam, ist das Goerkehaus mit schöner Architektur und netter Inneneinrichtung bei einer nahegelegenen Felsenkirche. Frau Goerke (Ehefrau des Direktors) war damals nicht bereit, mit ihrem Gatten an diesem Ort länger zu wohnen, weil u.a. nachmittags immer ein unangenehmer Wind einsetzte.

Was gibt der Stadt Hoffnung:
- viele (schwarze) Schulkinder des Morgens unterwegs
- die Zugstrecke wird neu gebaut

- ein kleiner Flughafen ist gerade fertiggestellt
- der Sand wird nochmals von Diamantensuchern durch-
  gepflügt
- es gibt ein Tourismus-Center
- die leckeren Fische in den Restaurants
- die gesicherte Wasserversorgung(ganz wichtig)
- der Staat braucht angesichts der Globalisierung aktive
  Hafenstädte

Und die Moral von der Geschichte: Nicht nach hinten schauen
und sich der Vergangenheit rühmen; es zählt nur die Zukunft.

- **Eine Bootstour**

Eine Bootstour als namibisches Highlight erwartet man nicht
gerade. Es war eine lustige Tour mit leckeren Austern von
nebenan und ein Paar Flaschen Sekt, die high machten. Gleichwohl war alles echt, was wir sahen:

- Pelikane, zum Greifen nahe
- Kormorane en masse
- Flamingos in der Ferne
- Delfine im Wettlauf zwischen unserem und einem Nach-
  barboot
- Austernbänke, angesiedelt auf künstlichen Inseln
- Robben als Einzelexemplar – überraschend an Bord
  unseres Bootes gekommen
- Robbenkolonien in fast unendlicher Zahl an den Strän-
  den
- Schiffe auf Reede, insbes. rostige russische Fischfang-
  schiffe

- riesige Bohrplattformen auf Reparatur
- Leuchtturm
- weitläufige Salinen

Alles fotografiergerecht dargeboten von einem lustigen Kapitän.

Und die Moral von der Geschichte: Eine Seefahrt, die ist lustig, selbst wenn die Wüste daneben liegt.

- **Fotosafari im Lodgegelände**

Mit drei Allrad-Safariautos mit Hochsitzen, die angesichts der Wegequalität manchmal wie Schleudersitze wirkten, ging es durch ein riesiges Gelände. Route unbekannt, Ziel unbekannt, Fotoobjekte unbekannt. Wir fuhren durch ein Fels- und Savannengebiet, aus dem nur die Führer zum Sundown – Berg und zur Lodge zurück fanden.

Tiere waren rar; sie hatten wohl Ausgang an dem Tag und mussten sich nicht präsentieren. Dafür aber waren Riesenwackersteine in allen Größen und Formationen, mit Ähnlichkeiten zu Sagengestalten, Tieren und sogar Alltagsartikeln (wie z. B. einem Adidasschuh) zu
besichtigen. Angst vor einem Kullern der Felsgesteine war angesichts der 600 Millionen Jahre, seitdem diese Felsen da liegen, unangemessen.

Seit vielen Jahrhunderten gibt es Felszeichnungen; die Zeichner kennen wir nicht. Hingegen sind die Fresser bekannt, die die Skelette der Beute einfach in offenen Höhlen liegen lassen.

Zuletzt ging es noch gerade rechtzeitig mit letzter Kraft der Safari-Autos auf den Sundown – Berg.. Hier versank die Sonne und die Bewunderer tranken eine Menge Windhoek-Lager-Bier.

Und die Moral von der Geschichte: Wieder 40 Fotos im Kasten, Knochen und Gelenke bei der Fahrt gelockert und Natur pur gesehen, meistens jedoch nur Steine.

-     **Afrikanische Entwicklungshilfe**

Wenn man ein Land bereist und das Glück hat, einen guten versierten Reiseleiter zu haben, beschäftigt man sich automatisch auch mit der Geschichte und den Problemen dieses Landes und des Kontinents.

Es sind nicht die fehlenden Rohstoffe, die Afrika zu einem der ärmsten Kontinente machen, vielmehr nur 1% des globalen Bruttosozialproduktes werden von 924 Millionen Menschen erwirtschaftet. Von Diamanten bis Erdgas, von Gold bis zu einem riesigen Solarpotenzial – alles ist in Fülle vorhanden. Auch der Faktor Arbeit – zumindest quantitativ – ist in Hülle und Fülle vorhanden. Beim Kapital muss differenziert werden. In den letzten Jahrzehnten konnte kein (eigener) Kapitalstock aufgebaut werden. Rohstoffunternehmen brachten Kapital ins Land; internationale Finanzhilfen versuchten, die "Lücke" zu schließen. Das Kapital kommt zögerlich, weil es an zuverlässigen Rahmenbedingungen fehlt – es landet lieber auf Schweizer Nummernkonten.

Aber insgesamt gar nicht so schlechte Randbedingungen für wirtschaftliches und soziales Wachstum. Viele machen den Kolonialismus oder noch weiter zurückliegend das Sklaventum für die Misere verantwortlich. Der Kolonialismus führte tatsächlich zu einem Ressourcenexport – also Ausbeutung von Rohstoffen und Arbeitskräften zugunsten der Kolonialmächte. Andererseits wurde eine Infrastruktur aufgebaut, die in vielen Fällen zu einer wirtschaftlichen Prosperität führte – ohne allerdings das Verteilungsproblem auch nur halbwegs zu lösen. Was Deutschland in nur 30 Jahren in Namibia an Verkehrsinfrastruktur, Städten, Häfen und Stromerzeugungsanlagen geschaffen hat, zusammen mit einem Rechts- und Verwaltungssystem sowie Schulen und Krankenhäuser, bot gute Voraussetzungen für die Landesentwicklung. Heute kann nicht mehr behauptet werden, dass Sklaventum oder Apartheidspolitik noch Hemmschuhe für eine unproduktive Volkswirtschaft sind – Gott sei Dank ist dies überwunden.

Und was sind die wahren Gründe?

Afrika kennt historisch fast ausschließlich autoritäre Machtstrukturen. Das frühere Häuptlingssystem mit lebenslanger Macht und klaren Vertikalstrukturen hat eine Befehls- und Gehorsamswirtschaft geschaffen, die auch die Kolonialherren keinesfalls ändern wollten. So konnten nach der Unabhängigkeit der afrikanischen Staaten nahtlos die Autoritätsstrukturen fortsetzen. Begünstigungswirtschaft und Korruptionspolitik verfestigten die Strukturen.

Und nun zur eigentlichen Frage: der Entwicklungshilfepolitik. Über Jahrzehnte sind Milliarden Dollar/Euros in afrikanische Länder geflossen. In den ersten Dekaden spielte der Ost-West-Wettbewerb eine hohe Motivationsrolle mit der Folge, dass die vorhandenen Strukturen gefördert und gefestigt werden. Nun ist es mehr feuerwehrartiges Notfallmanagement oder Ankurbelung einer beginnenden Rohstoffwirtschaft.

Eine Kosten-Nutzen-Analyse würde vielfach zu sehr negativen Ergebnissen kommen. Nur wenige Projekte unter dem Motto "Hilfe zur Selbsthilfe" waren und sind fruchtbar. Reine Finanztransfers festigen nur die bestehenden Herrschaftsstrukturen und sind daher kontraproduktiv. Rigidere Bedingungen seitens der internationalen Finanzinstitutionen, ein professionelles Controlling und selektives Vorgehen sind gefragt; pauschale Schuldenerlasse führen zu nichts Anderen als zu negativen Lernprozessen.

Und die Moral von der Geschichte: Ein gezieltes Weniger ist besser als ein undifferenziertes Mehr!

- **Namibia – ein tolles Reiseland**

Fast alle sind sich einig – Namibia ist ein sehr interessantes Land. Entgegen den Erwartungen können Wüsten sehr imposant und abwechslungsreich sein. Eine Busfahrt über 4000 km kann – man glaubt es kaum – faszinierend und unterhaltsam sein. Überraschend war es des Öfteren, dass nach einer Fahrt durch einsame Mondgegenden eine moderne architektonisch anspruchsvolle Lodge auftauchte.

Die Tierwelt reizt zum Fotografieren, ob man will oder nicht. Fast alle Arten sind hier gut vertreten und zumeist in freier Wildbahn zu beobachten.

Eine Vielfalt an Rassen – das Nebeneinander von Schwarz und Weiß – ergibt ein buntes und sympathisches Land. Als Deutscher wird man immer wieder überrascht, wenn deutsche Namen auf Straßenschildern, Apotheken, Bahnhöfen und Telegrafenämtern prangen.

Natürlich gibt es hier auch Probleme; wirtschaftlicher, sozialer und politischer Art. Wenn man bedenkt, dass bisher nur 18 Jahre Aufbauarbeit geleistet werden konnten, hat man schon viel erreicht.

Und die Moral von der ganzen Geschichte: Man kriegt nicht genug Namibia.

Rudolf – die Giraffe aus Etosha

Ich bin Rudolf, eine männliche Giraffe, 1280 kg schwer und 6,15 m hoch, also gut gewachsen, aber lang nicht das größte Exemplar in Etosha/Namibia.

Bin hier im Westteil des Etosha – Wildparks geboren. Es machte plumps und ich fiel zwei Meter aus dem Bauch meiner Mutter auf das harte Savannengras. Nun schnell auf die Beine – nichts gebrochen – und dann sorgfältig nachschauen, ob die Löwen Nahrung suchen. Ausruhen ließ man mich nicht. Meine Mutter und unsere Verwandten bestaunten und begrüßten mich kurz und dann ging's ab zum Wasserloch. Hinterher sagte man mir, dass unser Lieblingswasserloch Okondeka nahe der Etoscha – Pfanne lag.

Die Springböcke waren schon da, auch einige Oryxantilopen; viele Vögel tranken am Wasserrand.

Am schönsten war immer der Trinkgang in der Morgenfrühe. Kein Besichtigungsbus, kein Auto, kein komischer Safariwagen in der Nähe. Auch die Löwen hatten noch nicht ausgeschlafen. Nur die dicken Elefanten kamen zuweilen polternd vorbei. Unverschämt war es hin und wieder, wie die Elefanten in das Wasserloch pinkelten oder sogar schissen – so was tun wir nie.

Die Trink-Technik von uns Giraffen muss erst erlernt werden; etliche Meter sind zu überbrücken. Erst breitbeinig in aller Ruhe hinstellen, den Kopf absenken und wenn es dann nicht reicht, müssen die Beine noch abgeknickt werden. Komisch sieht das aus. Hatte ich die richtige Stellung, war das Trinken mit meiner superlangen Zunge ganz easy.

Das zweite Trinken war für 12.15h vorgesehen – außer an Sonn- und Feiertagen, dann um 13.15 h, weil später aufgestanden wur- de. Wir mussten die Elefanten leider immer vorlassen, die ließen nicht mit sich spaßen. Aber die Zebras und die vielen Springbö- cke mussten uns den Vorrang lassen. Streit gab es immer mit den Antilopen und den Kudus. Ich wusste zum Trost, wenn sie mich ärgerten, dass sie von den Menschen gejagt und gefressen wur- den, aber wir Giraffen nicht vertilgt werden.
Aber auch in unserer Herde durfte nicht jeder trinken, wann er wollte. Erst trank der Bulle, dann meine Mutter, dann meine Tante … endlich war ich dran. Wenn ich mich vordrängte, gab es ein paar Knüffe in die Seite. Die menschlichen Zuschauer fanden das wohl besonders interessant: es klickte und piepste in den Bussen und Autos. Alles geschah in Zeitlupe, da wir trotz Hitze keinen Schweiß vergießen dürfen. Einer passt beim Trin- ken immer auf unsere – zwar kleineren aber nicht immer unge- fährlichen – Feinde auf.

Wenn wir fast alle gleichzeitig tranken, wurde es in den Bussen laut; ich glaube, die Menschen fanden das ganz toll; wir wollten dann aber aus Angst wieder schnell weg.

Mit der Zeit lernten wir, die menschlichen Besucher einzuschät- zen. Da waren die Safariautofahrer, meist nur wenige Leute. Aber ausgerüstet mit den längsten Stativen, den schönsten Hüten und den größten Ferngläsern. Sie besaßen alle einen geringen Wortschatz: da … da … schön … psst! Die großen Busse von

Neckermann und TUI mit den grellsten T-Shirts habe ich lange angeguckt. Sie waren immer laut und total entzückt, wollten aber schnell zum nächsten Wasserloch. Einer anderen Gattung gehörten die Insassen der Studiosus-Busse an; die Leute guckten und fotografierten mich und meine Herde in andächtiger und halbprofessioneller Weise.

Als ich älter wurde, habe ich gefragt, warum ich Rudolf heiße. Meine Mutter sagte, dass das Land ganz früher von den Deutschen besiedelt wurde und mein Groß-Großvater von einem deutschen Soldaten durchgefüttert und mit Wasser versorgt wurde, da es ein extrem trockenes Jahr war.

Ich habe gehört, dass es in dem fernen Land große Zoos gibt. Dort braucht man nicht lange das Futter suchen; Wasser ist auch genügend da. Trotzdem möchte ich nicht dorthin. Das Wetter soll schlecht sein und meine Verwandten aus unserer Herde würden mir sehr fehlen. Also bleibe ich in Etosha und zeige den deutschen Touristen, was eine echte Giraffe ist und wie wir in Freiheit leben,

Ein Brief an Fidel Castro
(resultierend aus einer Reise nach Kuba im Jahre 2003)

Das Ziel eines Staatsführers – erst recht eines kommunistischen – sollte die "Herstellung des Glücks der größten Zahl" sein. Wie weit ist Ihr Kuba davon entfernt?

Zunächst muss positiv vermerkt werden, dass keine hungernden und darbenden Menschen zu sehen sind. Gesundheit, Hygiene und ordentliche Kleidung scheinen eine Norm zu sein, der hohen Stellenwert zukommt. Das können nicht alle Staaten vorzeigen. Musik und Musiker an allen Orten könnten als Dokument einer heiteren und zufriedenen Existenz herhalten.

Nun aber zu den negativen Eindrücken eines Urlaubers aus dem fernen Deutschland, einem Land, das nahezu einen Laborvergleich verschiedener Systeme bieten kann.

Die Bevölkerung ist arm, gemessen am Einkommen und am Lebensstandard. Sichtbar wird dies an den Häusern und Wohnungen. In den Städten sind die Häuser und die Fassaden verfallen; die Strom- und Telefonanlagen sehen abenteuerlich aus. Der Blick in die Wohnungen, der oft auch ohne Neugier möglich ist, zeigt ein erbärmliches Leben. Da kein Eigentum (prinzipiell) gestattet ist, entwickelt auch niemand ein Interesse, die Sachen instandzuhalten und zu pflegen. Der Gegenbeweis: Es gibt auf Kuba im Eigentum befindliche super gepflegte Autos – Oldtimer –, die es nirgendwo so auf der Welt gibt.

Es hat den Anschein, dass man bei einer Arbeitsstelle nicht den Hauptnutzen – das Gehalt – wertschätzt, sondern schaut, was man dort so "abstauben" kann zwecks Tauschhandel, zwecks Beziehungspflege, zwecks $-Erwerb. Sicherlich ist dies illegal, aber zum Überleben unerlässlich. Aufwendige Kontrollsysteme dämmen solches nur etwas ein. Was viel schlimmer ist: Keiner hat ein Unrechtsbewusstsein; es wird zum "Volkssport". Letztlich kommt dies einer moralischen Ausbeutung eines ganzen Volkes gleich.

Arbeitslosigkeit wird überdeckt: Es gibt genügend Stellen, aber keine ausreichende produktive Arbeit. Hierarchien und deren Kennzeichen sind überall auszumachen: die Uniformen und Statussymbole, bis hin
zu den verschiedenfarbigen Hosenträgern der Kellner in den Hotels, belegen dies.

Auffällig wird sehr schnell, dass es kein funktionsfähiges Verkehrs- und Infrastruktursystem gibt. Überall auf Straßen, Autobahnen, Brücken und Plätzen stehen Menschentrauben und warten auf die Mitnahme in einem meist überfüllten Lastkraftwagen oder einem Pick-up. Auch dieser Mangel ist in Kuba gut organisiert: Eine Person in verwaschener gelber Uniform – mit offenkundig hoher Autorität – hält Privatfahrzeuge, öffentliche Fahrzeuge (alles an den Kennzeichnen ablesbar) an, um Mitfahrer zu vermitteln. Mangelverwaltung wird perfektioniert. Mit einer solchen Infrastruktur kann man keinen Staat machen; Reisen im Inland sind zumindest ein hohes Zeitrisiko, unbequem ist es allemal.

Richtig Fernsehen kann nur ein Ausländer im Hotel. Den Kubanern stehen nur zwei staatszensierte Kanäle zur Verfügung. Es ist immer ein schlechtes Indiz für eine Regierung, wenn die Fernsehkanäle des Auslandes abgeschottet werden – was wir Deutsche auch von der DDR her kannten. Informationen sind die Grundlage einer Meinungsbildung, sofern sie überhaupt gewollt ist.

Plakate, Büchertitel und Postkarten sind typisch für zentralistische Systeme. Sie sollen nostalgische Heldenverehrungen (z. B. Che Guevarra) verfestigen, mit Pathos das Denken und die Realität überblenden.

Der ultimative Test eines Landes und eines Gesellschaftssystems ist die Ausreisemöglichkeit, hier besser das Fluchtpotential genannt. Es ist sehr schwierig, aus Kuba herauszukommen. Einige haben es auf dem Seeweg mit ihrem Tod bezahlt. Kuba ist – für die Führung glücklicherweise – eine Insel; es bedarf deshalb keines Mauerwerks. Deshalb wird in nicht allzu ferner Zukunft kein spektakulärer Mauerzusammenbruch stattfinden, sondern ein schleichender Prozess der Umgestaltung, ein Import von Kapital, Know – how und damit einhergehend von freiheitlichen Elementen, einem Export von Menschen, die ungeduldig geworden sind und nicht an ein Kuba in Frieden, Freiheit und etwas Wohlstand (mehr) glauben.

Statt diese Zustände und Entwicklungen einfach hinzunehmen oder sie aktiv zu verzögern, wäre die kubanische Regierung besser beraten,
einen stufenweisen Entwicklungspfad anzugehen, an dessen Ende ein freiheitliches System eigener Prägung steht und netto mehr Menschen wieder ins Land kommen als gehen.

NB: Wir schreiben das Jahr 2015. Kuba öffnet sich, die Prozesse dauern extrem lang. Seit diesem Brief sind 12 Jahre ins Land gegangen; die Änderungen sind minimal.

Geld ist was gilt

Dieser Satz stammt von dem bekannten Kölner Professor Schmölders aus seiner Vorlesung über Finanztheorie I. Er ist aber nicht nur graue Theorie.

Nirgendwo wird es deutlicher als auf Kuba. Hier gibt es mehrere Währungen nebeneinander. Die offizielle Landeswährung ist der Pesos; er führt ein Schattendasein und ist nur noch für Lebensmittel-Zuteilungen auf Karten benutzbar. So ist er zu einer Arme-Leute-Währung degradiert werden.

Es gelten eigentlich nur noch der US-Dollar und der aufkommende Euro. Der Dollar ist nicht nur staatlicherseits geduldet und für Nicht-Kubaner die Währung Nr. 1. Nur in den sog. „Dollar-Läden" ist überhaupt ein Warenangebot zu entdecken. Auch Gehaltsbestandteile werden an Kubaner mittlerweile in Dollars gezahlt. Glücklich ist, wer einen zahlungskräftigen US-Exil-Kubaner zu seinen Verwandten zählen darf.

Ansonsten machen die Kubaner regelrecht Jagd auf Dollars. Mit jeder legalen und illegalen Dienstleistung und jedwedem Warenangebot werden Dollars nachgefragt. Besonders interessiert ein Dollar-Trinkgeld. In den umlaufenden Hüten der überall aufspielenden Straßen- und Restaurant-Musiker, in den Gläsern der Kellner und sogar auf den Tellern des WC-Personals liegen demonstrativ nur Dollars. Man bekommt den Eindruck, dass sich in den Augen der Kubaner die Dollar-Zeichen widerspiegeln … und das alles in der Währung eines Landes, mit dem man über Jahrzehnte im Clinch lag, welches ein Embargo über

Kuba verhängt hat. Die US-amerikanische Notenbank kann Geld drucken und sich damit (also ohne richtige Gegenleistung) kubanische Waren oder Dienstleistungen kaufen. Pervers!

So kritisch wird es wohl auch die kubanische Regierung sehen. Aber die Bevölkerung hat sich praktisch für den Dollar als Landeswährung entschieden – denn Geld ist was gilt.

Impressionen einer Rom-Reise

- Wir flogen mit Easyjet, die ihrem Namen weder beim Check-in noch beim Flug Ehre machte. Auch der Transport vom Flughafen in die Ewige Stadt war bei der Hinreise chaotisch und schweißtreibend (bei der Rückreise zwar mit einem Taxi bequemer aber aufgrund der rasanten Fahrweise angsttreibender). Aber dann erreichten wir die tolle Stadt Rom und unsere Erlebnisse konnten beginnen.

- Die Suche nach einem passenden Restaurant war nicht immer einfach. Zu hoch war unser Anforderungsprofil. Die Entfernung zum Hotel musste stimmen, die Speisekarte sollte alles bieten, nur keine hohen Preise, das Interieur des Restaurants und das äußere Erscheinungsbild hat zu stimmen, drinnen durften nicht zu wenig, aber erst recht nicht zu viel Leute sitzen; die Kellner sollten freundlich aussehen und die Köche wie Mutter kochen können. Da musste man so lange suchen, bis einem die Beine wehtun, der Magen brummt oder der allabendliche Regen einen klitschnass macht.

- Beim ersten Abendessen trafen wir in einer Trattoria auf eine Kellnerin mit schroffen Charme („General Kellnerin"). Sie wartete nicht die Auswahl des Essens ab, sondern wies auf eine Generalklausel in der Menükarte hin, dass es von der Tagesform des Kochs abhängt, was wirklich von der Speisenkarte auf den Teller kommen wird. Nur wenige von uns hatten dieses Glück.

- Beim letzten Abendessen empfahl der Kellner alles Teure. Wer schreibt schon gerne Blankoschecks in Rom aus (wenn es nicht gerade auf Geschäftskosten geht) oder ist nicht misstrauisch, dass das Empfohlene schnell „weg muss". Auch das ignorierende Fortsetzen des Lesens der Speisekarte bringt den Kellner nicht von seinen besonderen Empfehlungen ab. Als wir uns intern „geeinigt" hatten, wurde einer von uns bei der Nachtragsempfehlung „Lamm mit Salat" schwach. Auf dem Teller landeten dann Knochen vom Lamm mit viel Fett und auch etwas Fleisch, das aber nicht so einfach zu finden war. Pech gehabt und auf Nachfrage des Kellners, ob alles ok war, erfolgte von uns der Hinweis, dass der Fleischanteil der „Empfehlung" sehr begrenzt sei. Der Kellner äußerte frohgemut, dass er hieran keine Schuld trug. Der Schuldige tauchte dann auf, fragte erneut, was denn nicht in Ordnung war. Nicht gerade begeistert, zog er mit dem Teller ab. Was kam jetzt? Kaum zu glauben, er kam mit dem Teller zurück. Es lagen viele altbekannte Ministücke Lammfleisch(?) darauf und der Beilagensalat-Rest war neu sortiert. Der Gast könne weiter essen, es war doch genug Fleisch an den Knochen. Der Gast entzog sich dem Verzehr und der Teller wanderte wieder in die Küche. Wer hätte gedacht, dass die kleine Küche eine Zentrifuge hatte, die das Letzte von den Knochen herausholte. (Zum Ausgleich bekamen wir etwas Süßes zum Wein, das aber nur für harte Zähne geeignet war.)

- Die Entdeckung Roms, mal nicht streng historisch, sondern aus der Sicht „älterer Touristen" bei den „Stadtwanderungen".

Hierhin oder dorthin? Viele Wege führen nach Rom, noch mehr führen aber quer durch Rom. Nie kann man eigentlich falsch gehen – Denkmäler, Monumentalbauten, Brunnen, Piazzas, Brücken gibt es überall – ein riesiges Freilichtmuseum. Der direkte Weg war sowieso nicht immer der Beste, haben wir uns zum Trost oft genug gesagt.

Des Öfteren wurden die Füße strapaziert. Eine Sightseeing – Rundfahrt (hop on, hop off) in Fußgänger-Geschwindigkeit war auch nicht viel entspannender. Aber wir haben mit viel Geduld die schon bezahlte volle Runde geschafft.

Rom muss man von oben sehen. Hügel gibt es ja genug – mehr als die berühmten 7 Hügel. Die schöne Aussicht muss jedoch damit erkauft werden, dass die Schuhsohlen qualmten. Kleine Umwege erhöhen zusätzlich die Spannung. Das bestimmende Geräusch sind die Ta-tü-ta- ta- Sirenenautos. Anscheinend passieren laufend Unfälle, was bei dem Verkehr eigentlich keine Überraschung wäre, oder Schlaganfälle verlangen den Krankenwagen oder Politiker/höhere Beamte fahren spazieren. In Wirklichkeit brauchen die Römer diese Aufmerksamkeitsgeräusche. Bei Hochzeiten genießen sie diesen für normale Ohren unerträglichen Lärm.

Das Image der Römer ist nicht besser als das Image der Hauptstädter eines jeden Landes. Die Römer gelten als arrogant und überheblich. Sie meiden harte Arbeit; deshalb findet sich auch kaum ein Industriebetrieb in Rom. Sie verwalten, handeln und vermarkten ihre alte Vergangenheit. Ein Angestellter des Hotels aus dem Norden Italiens wird mit den Römern auch nicht warm. Sie seien verschlossen, verbergen immer etwas, sind schlecht zugänglich und misstrauisch.

Die Römer hatten sehr früh schon eine ausgedehnte Wasserversorgung. Nur mit der Wasserentsorgung hapert es, insbesondere wenn es regnet, was wohl öfter der Fall sein soll als im angeblich regenreichen London. Dann läuft man durch Gassen und Straßen und ist froh, wenn die Schuhe noch aus dem Wasser schauen. Keine Hilfe, vielmehr eine Plage sind dann die tamilischen Regenschirmverkäufer, die blitzschnell ihr Sortiment bei dem ersten Tropfen Regen von Trockenware (jedweder Spielkram) auf Regenschirme umstellen. Auch ohne nach oben zu schauen, weiß man dann, dass ein Schauer niederkommt, wenn die Schirmverkäufer aufkreuzen.

Beim Wasserthema stellt sich die Frage, ob das römische Leitungswasser trinkbar ist. Eigentlich ganz schlicht zu beantworten: Es gibt eine EU-Richtlinie und Italien gehört zur EU. Warnungen von irgendwelchen Reiseleitern seien deshalb altmodisch oder überflüssig. Man kann diesen Richtlinien vertrauen oder sich auf seinen unerschütterlichen Magen-Darm-Trakt verlassen. Es ist zu bedenken, dass die Römer schon vor mehr als 2000 Jahren Wasserleitungen erfolgreich bauten und betrieben – und man in Deutschland erst seit 100 Jahren das Leitungswasser trinken kann. Dies unterstellt natürlich bei den Römern, dass ihre Zivilisation nur Fortschritte kennt und Rückschritte vermeidet. Etwas mutig schon.

In Rom erwartet jeder Motorräder und Fiat-Autos. Das mit den Motorrollern passt; überall fahren sie auf Straßen und Gehwegen – vergleichbar mit den Fahrradfahrern in Münster. Mit den Fiat-Autos ist es nicht mehr so wie früher. Smart hat den römischen Automarkt erobert; fast jedes 3. Auto ist ein

Smart. Es passt ideal auf die Gassen der Innen- und Altstadt von Rom.

Rom ist ein Erlebnis, anstrengend und leichtlebig zugleich. Nach einigen Tagen Sightseeing freut man sich, dass alle Wege auch aus Rom hinausführen.

Ein Stockholm-Tag

Wir dachten, wir kennen Stockholm aus früheren Besuchen. Deshalb wollten wir der AIDA nicht auch noch weitere Ausflugstickets finanzieren, sondern auf eigene Faust etwas unternehmen.

Den ersten Strich durch unsere Rechnung machte uns der schwedische Dauerregen, den wir als besonders schlimm ansahen, weil wir durch viele Sonnentage vorher verwöhnt wurden. Also noch etwas abwarten, denn der Kapitän hatte uns mit der Wettervorhersage hoffen lassen. Nach der fünften und sechsten Tasse Kaffee riss uns dann der Geduldsfaden. Wir verließen unser Schiff.

Einen konkreten Besichtigungsplan haben wir uns nicht gemacht – also wir kennen ja Stockholm! Aber natürlich nicht von der Hafenmole für Großschiffe aus, die ganz schön weit außerhalb einer Fußgängerreichweite liegt. Also einen Transferbus nehmen oder – das erfuhren wir direkt am Hafen – eine Stadtrundfahrt mit dem hop on/hopp off-Bus. Entscheiden mussten wir uns – ohne Kenntnis – für die grüne oder rote Linie, mit oder ohne Fährschiffe. Wir entschieden uns kurzerhand mit Regenschirm in der Hand für die Linie rot ohne Fährschiffe. Da Schweden keine Euros kennt, war der Preis in Kronen zu zahlen; also merkten wir erst mit den Tickets und der Umrechnungstabelle in der Hand, wie teuer der Spaß kam. Aber Bus im Regen bringt zwar finanziell keinen Segen, aber eine bequeme Stadtrundfahrt mit Lerneffekten. Vorsichtshalber fragte ich, ob der Bus auch oben ein Dach hat, was sofort bejaht wurde. Hatte er auch, aber oben keine Seitenabdeckungen oder Fensterscheiben.

Bekanntlich regnet es in Schweden nicht gerade senkrecht, sodass alle Sitze total nass waren. Durch den Fahrtwind war es auch sehr ungemütlich. Also zurück nach unten balanciert, wo sich die vielen Passagiere auf den maximal 12 Plätzen schon heftig drängten. In dem Gewusel mit nassen Schirmen und Rucksäcken hatten wir auch die zur Verfügung gestellten Kopfhörer vergessen und bekamen nichts von den Erklärungen mit. Bei nächster Gelegenheit stiegen wir frustriert mit anderen Unzufriedenen aus und versuchten uns dort zu orientieren.

Wir kannten ja Stockholm, aber wussten überhaupt nicht, wo wir waren und wo wir längs gehen konnten. So tappten wir durch die Pfützen und suchten ein Café, um anhand der vielen Stadtpläne, die wir hatten,
uns einen Weg zu bahnen. Entweder hatte sich Stockholm stark verändert oder wir waren verwirrt (wahrscheinlich haben uns die Ausflüge der AIDA so verwöhnt, dass wir nur noch den hochgehaltenen Schirmen der Anführer folgen konnten).

Mit Kaffee im Magen (es war nun am Morgen schon die siebte Tasse) wanderten wir durch einen verlangsamten Regen zur Altstadt. Hier war auf den Einkaufsstraßen nicht allzu viel los. Wir dachten angesichts unserer Enkelkinder, dass Pippi Langstrumpf überall in Schweden ihr Unwesen treibt und auch auf T-Shirts für Kinder erscheint. Denkste! Der Verkauf ist nur ganz wenigen lizenzierten Geschäften erlaubt, die wir natürlich zunächst nicht fanden.

Ein nettes Café-Restaurant bot eine leckere Blumenkohl-Suppe an; Zahlung per Scheckkarte vorab. Dann die Meldung, dass diese Suppe nicht mehr verfügbar war; stattdessen könnten wir Kuchen ordern oder das Geld in Kronen wiederbekommen. Was sollen wir mit den Kronen anfangen? Also eine andere Wahl: Die Spezialität des Hauses waren Zimtschnecken. Da die Zimtschnecken deutlich billiger waren, deckte uns die Serviererin für den gezahlten Betrag mit diesem Zeug zu; außerdem gab es Kaffee satt (wir zählten schon nicht mehr).

Das Stockholmer „KaDeWe" war unser nächstes Ziel. Nach längerer Suche fanden wir es ganz erstaunt in der Nähe des Busausstiegs vom Vormittag. Dort war auch im vierten Stockwerk Pippi Langstrumpf vertreten, nicht als T-Shirt, sondern – wohl viel passender für Stockholm – auf Kinderregenschirmen . Zwischendurch beschäftigte uns immer wieder das Ratespiel, wo wir denn vor vielen Jahren übernachtet und gegessen hatten. Viel Erfolg war uns nicht vergönnt.

Was wir bezahlt haben, wollten wir natürlich auch nutzen. Also nochmals hopp on auf den Bus, diesmal mit Kopfhörer und Erfolg bei der Einstellung der Sprachenwahl. Wir absolvierten den Rest der Rundfahrt. So langsam kamen die Erinnerungen an Stockholm zurück. Man ließ uns auch ausreichend Zeit dafür, weil der Bus noch nicht einmal Schritttempo fuhr, so stark war schon der Feierabendverkehr. Seitdem wir im geschützten Untergeschoss des Busses saßen, schien auch die vom Kapitän zugesagte Sonne.

Auf den letzten Metern sehnten wir uns schon nach dem Schiff, nach unserer Kabine, nach einer Dusche und vor allem nach etwas Deftigem zum Essen.

Stockholm ist wirklich eine schöne Stadt – nur leider heute nicht
für uns. In der schönsten Abendsonne dampften wir ab. Auf
Wiedersehen!

Großes in Maspalomas

Ausreden zählen nicht. Wir wussten es, wir kannten es: Unser ausgewähltes Hotel auf Gran Canaria in Maspalomas hieß entsprechend der Größe des Hotels in Langversion: Hotel Lopesan Costa Meloneras Resort, Spa + Casino. Ich fände Pallacio Prozzo besser. Von weitem als schlossähnliches Gebäude mit 2 großen und mehreren kleinen Türen erkennbar. Hier haben mehr als 1100 Zimmer, und nicht gerade kleine, gut Platz.

Man kann nicht meckern: alles sehr großzügig, meistens auch geschmackvoll und fast immer auch gut funktionierend. Damit es ordentlich nach außen wirkte, durfte man die Handtücher nicht über die Balkonbrüstung hängen, was einigen Deutschen schon schwerfiel.

Das Personal war nahezu immer fachlich und gut drauf, bis auf den Fahrer des Transferbusses zu den Golfplätzen.

Eigentlich könnte man nur Loblieder singen; sogar das Wetter über der weitläufigen Hotelanlage war super.

Was eigentlich störte, waren die vielen anderen Gäste, die sich ebenfalls das Hotel ausgesucht hatten.

Kurz nach Sonnenaufgang erschienen die "Abgeordneten" der Zimmer oder Familien oder Tennisgruppen mit den blauen Hotelhandtüchern und belegten direkt am größten Pool die Liegestühle. Die Stühle, Tischchen und Sonnenschirme wurden nach Südosten ausgerichtet mit einem Drehpotenzial bis zum 16.00 h-

Sonnenstand. Wie die Hunde zwecks Markierung etwas anpinkeln, wurden persönliche Beigaben ohne großen Wert auf die Liegen gelegt: eine leere Tasche, eine alte Zeitung, gebrauchte Sandalen, ein eigenes buntes Handtuch oder ein T-Shirt mit skurriler Aufschrift. Ein weißer Bademantel machte wenig Sinn, den hatten alle in ihrem Badezimmer. Ohne den Mantel könnten man auch nicht den Rückweg ins Hotel antreten. So, die erste Aufgabe wäre geschafft und dem Wettbewerb gezeigt, wie clever man ist.

Der zweite Akt war schon etwas komplizierter. Der Frühstücksort war auszuwählen. Abhängig von der Uhrzeit war es ganz voll oder nicht ganz voll.
Leer war es nur vor 8.00 h, aber wer will denn das im Urlaub, es sei denn, er hat eine Abschlagszeit auf dem Golfplatz um 9 Uhr. Das Restaurant bot drei Sitzmöglichkeiten: drinnen, überdacht draußen und im Freien. Dementsprechend war die Nahrungs – Beschaffungsstrecke 20, 60 oder 100 Meter. Das war die Luftlinie, gefühlt war es durch die Slalombewegungen deutlich mehr. Ein rationaler Mensch, der streckenminimierend vorging, saß drinnen und machte sich die Teller randvoll. Wir aber nicht.

Unsere Mit-Frühstücksgäste waren so unterschiedlich, wie man sich nur denken konnte: freundlich und unfreundlich, gestylt mit neuester Mode, sportlich sogar mit Golfbag(besteck!) oder Tennisschläger, Männer in Schafanzughosen, dicke und dünne Menschen. Es war wie im Zoo: vor lauter Betrachten und Staunen kam man kaum zum Frühstücken. Auch hier am Tisch tat man gut daran, eine Identitätsmarke zu setzen. Ging man zusammen zum Buffet, wurde zwischenzeitlich abgeräumt und wie selbstverständlich nahmen nachkommende Mit-Gäste die Plätze ein.

Von da ab gingen wir nur noch abwechselnd und sahen uns beim Frühstück kaum noch. Damit alles viel leichter und lustiger zugeht, gab es einen Tisch voller Sektflaschen, eisgekühlt und kostenlos. Also mehr ein Hotel für Früh-Alkoholiker als für Gesundheitsfreaks, denn auf einem weiteren Tisch stand frischgepresster Orangensaft für 5 Euro der halbe Liter.

Das Abendessen bot eine noch größere Auswahl an Restaurants. Zuerst stand jedoch die Entscheidung an, wann gegessen wurde. Bei den großen Restaurants aß man in zwei Schichten. Entweder nahm man den Slot von 18.00 bis 18.30 h Eintrittszeit, davor stand man in der Schlange, danach kam man nicht mehr rein, da die Tische um 20.00 h wieder eingedeckt sein mussten, oder den Slot von 20.00 bis 20.30 h. Warum auch hier nach einer halben Stunde dicht gemacht wurde, verriet uns niemand. Kleinere Restaurants öffneten um 19.00 h und waren daher schnell besetzt. Also auch hier besser ein wenig Schlange stehen, verbunden mit der großen Chance, dabei Leute kennen zu lernen. Den Gästen aus Ostdeutschland kam das alles bekannt vor. Lebenswichtig war die elektronische Ausweiskarte, die – auf freundliche Weise – am Eingang abverlangt wurde. Getränke gab es nur mit dieser Karte. Auch hier in Maspalomas fand ein Wettbewerb der Kellner statt, den wir aus der Türkei kennen, nämlich den abgegessenen Teller mit dem letzten Biss vom Tisch zu nehmen, möglichst mit Besteck.
Also zum Schluss eines Ganges aufpassen, dass kein Kellner in der Nähe war, Messer und Gabel in Sicherheit bringen.

Wenn man kräftig draufzahlte, konnte man auch das Luxusrestaurant nehmen. Hier gingen die Kellner aufrechter, waren vornehmer gekleidet, bedienten einen von vorne bis hinten; man konnte kommen und gehen, wann einem danach war. Die Essensqualität war jedoch nicht um Klassen besser.

Aus allen Richtungen strömten die Menschen am Abend nach dem Essen auf die Plaza. Einsamkeit musste man in diesem Hotel nicht erleiden. Dort wurde mit leichter Musik, Tanzmusik oder Kinderkomik unterhalten. Der Kampf um gute Tische, vor allem mit bequemen Sofas, war nicht so heftig wie am Morgen; es ging auch nicht so mit Handtücher-Belegung. Mindestens einer musste aber eine Sitzgruppe verteidigen.

Die größte Gefahr ging in dem Hotel nicht von Hunden, ungeschickten Kellnern oder reglementierenden Badewächtern aus, sondern von den Kontakten mit der Masse Mensch. Es war die Schweinegrippe-Saison. Wo gehustet wurde, machte man lieber einen Bogen drum herum. Erinnert wurde daran durch die Desinfektionsapparate am Restauranteingang und durch die Schlagzeilen der deutschen Großbuchstabenzeitung.

Schlange stehen erzeugt Demut. Das ist gar nicht schlecht, wenn es ums Bezahlen beim Auschecken geht. Eine Überprüfung sämtlicher Belege wäre unsozial gegenüber den Wartenden, selbst wenn es höhere Beträge waren. Selbst die Braungebrannten kamen etwas blasser beim Auschecken von der Hotelkasse zurück.

Insgesamt ein netter Urlaub in einem besonderen Hotel. Etwas weniger Menschen wäre schön. Die Finanz- und Urlaubskrise wird es noch richten.

Ruhpolding – was ist das?

- Eine Bergwelt mit Wiesen, Flüssen, Bächen, schönen großen Häusern, Hotels, Pensionen, Bauernhöfen, Skianlagen und einem Golfplatz

- Ein Dorf (eigentlich mehrere Dörfer) mit 2000 Einwohnern, 1000 Gästebetten, einem Kurpark und einem Kurhaus, 2 Trachtenvereinen und neuerdings einem Innenstadt-Tunnel

- Eine Endstation einer Regionalbahn mit ICE-Anschluss in Traunstein mit altem Bahnhof

- Ein Ort in den Voralpen, der zuweilen hartnäckig den Regen und den Bergnebel zum Bleiben einlädt

- Eine Station des Biathlon-Weltcup-Circus und sogar einer Weltmeisterschaft

- Eine Oase der Ruhe und Entspannung (klingt wie im Prospekt, ist auch so)

- Eine sportliche Herausforderung beim Radeln, Wandern, Langlaufen sowie beim Alpinski und natürlich beim Golfen

- Eine Erholung für die Augen, die Lunge, die Seele

- Die Abwesenheit von Pflichten und Terminen, also freie Freizeit

- Eine Gelegenheit, mal was in Ruhe zu schreiben

- Ein Domizil für unsere überflüssigen Möbel aus Zweitwohnungen

- Ein beliebtes (kostenloses) Kurzurlaubsziel für unsere Kinder und Enkelkinder

- Ein nicht unerheblicher Kostenfaktor in unserem Budget

- Leider 700 km von unserer Heimat entfernt

All inclusive

Das Flatrate-Leben verdirbt den Menschen. Es täuscht ein Paradies vor, wo unbegrenzter „kostenloser" Nutzen versprochen wird und die Menschen sich „verpflichtet" fühlen, davon nun auch kräftig Gebrauch zu machen, um auf ihre Kosten zu kommen. Normalerweise bestimmen der Preis und das Angebot, die Nutzung von Gütern und Dienstleistungen. Fehlt dieses Regulativ, ist Übermaß angesagt. Selbst der Disziplinierteste wird undiszipliniert. Den Kindern wird eine Welt in Übermaß vorgegaukelt; Lebensmittel werden wertlos, man kann sich fast alles unbegrenzt nachholen.

Wo All – inclusive angeboten wird, werden die größten Teller genommen und Berge von Essen aufgepackt. Eigentlich muss es heißten „all you can bear", weil noch weit mehr, als das was gegessen werden kann („all you can eat"), vom Buffet zum Tisch geschleppt wird. Von vielen verlassenen Tischen könnten noch ganze Familien satt werden. Wenn man weiß, dass ein hoher Anteil der Weltbevölkerung hungert und dass nur wenige Tausende Kilometer dazwischen liegen, dann entwickelt sich das Störgefühl zum Schuldsyndrom. Nicht nur der Essensberg ist kritisch, sondern auch der Abfallberg; der muss auch „all-inclusive" mitentsorgt werden. Die Versorgung hinterlässt dicke Bäuche und strapazierte Nieren; die Entsorgung sorgt für hohe Müllhalden.

Aber vielleicht kann man alles auch ganz anders sehen: Der Mensch auf der höchsten Kulturstufe kümmert sich nicht mehr um seine Nahrung und körperliche Bedürfnisbefriedigung. Er ist selbstdiszipliniert, isst nur das, was er braucht. Er kennt seine

Kalorien-Kontingente und hält sich daran; er geht an den vielen Leckereien vorbei; er sucht eine Bedürfnisbefriedigung höherer Ordnung und klettert auf eine höhere Kulturstufe.

Selbstkritisch muss ich gestehen, dass dies zuviel verlangt ist. Zumindest ist mir diese höchste Kulturstufe verwehrt geblieben. Es sind vielmehr simple Sättigungsgefühle und Reflux-Phänomene, die mich davon abhalten, noch mehr zu essen und zu trinken.

„All inclusive" hat etwas von einem falschen Paradies. Das Paradies löst sich auf, wenn die kommerzielle Kostenkalkulation es im Durchschnitt nicht mehr hergibt. Der Exzess, die Fresse-rei, der Run auf die
Buffets werden eingedämmt, wenn die Wirtschaftlichkeit für das Hotel zu roten Zahlen führt. Also Leute, esst soviel wie er könnt und macht dieses System, das nicht in diese Welt passt, selbst kaputt.

Oder ein praktischer Vorschlag gegen das „all-inclusive": Die Airlines sollten nicht nur peinlich genau das Gepäck abwiegen. Auch die Passagiere müssten auf der Hin- und vor allem vor der Rückreise gewogen werden. Sollte das erlaubte Gewicht nen-nenswert überschritten sein, so müssten Zusatzgebühren entrich-tet werden.

So, genug geschimpft und philosophiert; ich muss Schluss ma-chen mit dem Schreiben. Ich will noch zur Patisserie neben dem Pool und mir einige Leckereien holen. Ist ja umsonst!

Dialog auf der AIDA – aneinander vorbei

Wir waren verreist.
Wir waren Golfspielen.

Eine Mittelmeerkreuzfahrt unternommen. Viel <u>gesehen.</u>
<u>Gesehen</u> haben wir gestern das Masters-Turnier in <u>Dubai</u>.

In <u>Dubai</u> waren wir nicht, aber in Tunis, also in <u>Afrika</u>.
Beim Golf spielt <u>Afrika</u> keine Rolle, höchstens die aus <u>Südafrika</u>.

In <u>Südafrika</u> führen die Ober- und Unterschicht immer noch einen <u>Krieg</u>.
Der <u>Krieg</u> in Afghanistan hat <u>Gott</u> sei Dank bald ein Ende.

Ob <u>Gott</u> diese Prunksucht in <u>Limburg</u> toleriert.
Die Baustellen auf der A3 bei <u>Limburg</u> führen immer wieder zu einem <u>Stau</u>.

In unserem neuen <u>Audi</u> gibt es sehr viel <u>Stau</u>-Raum.
Wir wollen uns einen <u>Audi</u> kaufen wegen der <u>Sonderangebote</u>.

<u>Sonderangebote</u> gibt es bei <u>Aldi</u> bei der Kinderkleidung .
In unserem <u>Stadtviertel</u> gibt es bald einen neuen <u>Aldi</u>.

Nächste Woche steigt das <u>Sommer</u>-Fest in unserem <u>Stadtviertel</u>.
Dieses Jahr war der <u>Sommer</u> mit <u>Sonne</u> gesegnet.

Wir haben uns vor der <u>Sonne</u> mit <u>Creme</u> der Stärke 30 geschützt.
In das Düsseldorfer <u>Opernhaus</u> geht nur die <u>Creme</u> de la Creme.

Habe schon lange keine <u>Oper</u> gesehen, auch nicht im <u>Fernse-</u>
<u>hen</u>.
Der Jauch ist fast auf allen <u>Fernseh</u>sendern <u>zuhause</u>.

Wir haben <u>zuhause</u> ein Loewe-Gerät und befürchten einen <u>Ser-</u>
<u>viceStopp.</u>
Deutschland ist eine <u>Service-</u>Wüste; verglichen mit den <u>USA</u>.

Bald kriegt man in den <u>USA</u> nichts mehr fürs <u>Geld</u>.
Das wird sich auch auf unser <u>Geld</u> und <u>Sparkapital</u> auswirken.
Das <u>Sparkapital</u> wird dann nicht mehr für <u>Kreuzfahrten</u> reichen.
<u>Kreuzfahrten</u> <u>gefallen</u> mir eigentlich sehr gut.

Mein <u>Zuhause</u> wird mir auch wieder <u>gefallen</u>.
<u>Zuhause</u> kann ich auch wieder Golf spielen.

Fotografiersucht als neue Krankheit

Drogenkonsum, Alkoholismus, Zigarettenrauchen und Glücksspiel sind bekannte Suchtarten. Psychologen und Mediziner könnten diese Sucht-Liste leicht ergänzen.

Seit Erfindung der digitalen Foto- und Filmherstellung vor einigen Jahren breitete sich eine neue Sucht aus: das Fotografieren und Filmen. Es ist nicht so, dass es das vorher nicht gegeben hätte. Freaks fotografierten und filmten wie die Weltmeister; Diaabende vertrieben die Bekanntschaft und Verwandtschaft bis in die 90er Jahre hinein. Aber es gab eine "natürliche " Grenze – die Kosten. Ein Film (Foto/Film) kostete bis zu umgerechnet 15 €, ermöglichte einem an die 50 Bilder oder 15 Minuten Filmvergnügen.

Heute rechnen wir nicht mehr in Bilderzahlen oder Filmminuten, sondern in Mega- und Gigabytes- Speicherkapazitäten. Die Stückkosten sind eigentlich gleich Null, weil alles nach der Nutzung – sprich den geschossenen Fotos oder den aufgenommenen Filmszenen – gelöscht und wiederverwertet werden kann. Grenzenloses Fotografieren und Filmen bleiben – zumindest finanziell – folgenlos.

Also kann man sich austoben und dabei süchtig werden!

Erlebtes konkretes Beispiel: Fotosafari im namibischen Etosha-Park. Der erste Springbock (hinterher sahen wir noch Hunderte) war wie eine Sensation. Alle sprangen auf die linke Seite des Busses, ein Kampf um die besten Fensterplätze begann. „Verdammt noch mal" Das Fenster klemmt und lässt sich nicht öffnen! Schnell, schnell, schnell! Nachdem etwa 10 Fotos geschossen wurden, wendete man sich der Ehefrau zu und forderte sie auf, sicherheitshalber auch einige Fotos zu machen. Dazwischen die Filmkameraleute, die ihre wohlgesetzten Erläuterungskommentare ins Mikro hauchten. Genauso liefen es bei den Zebras, Kudus, Giraffen und Elefanten ab. Manchmal wurde geflucht, weil ein Mitreisender genau beim Schuss vor der Linse war oder das Tier sich unerlaubterweise umdrehte und entfernte. Ein Fotoexperte kann natürlich nicht nur die Hinterteile der Tiere vorführen. Bei den Vögeln wurde es besonders schwierig; man musste zoomen – ja wo war er denn? – dann flog er gerade weg.

Am spannendsten war es an den Wasserlöchern im Etosha-Park: Kamera einschalten, es dauerte immer zu lange, bis durch Piepsgeräusche der verschiedensten Kameratypen die Bereitschaft zum "Schuss" signalisiert wurde. Ebenfalls dauerte es für den Fotofan immer zu lange, bis der Bus in der besten Fotografierstellung stand und der Motor aus war.

Die Tiere kamen in Superzeitlupe daher. Der Fotograf nahm jedwede Stellungsänderung wahr – vielleicht war es ja die letzte Bewegung. Als dann so langsam die beste Situation kam – mehrere Tiere der verschiedensten Art saufen gleichzeitig – war schon das 20. Foto der Szene geschossen.

Die Ansprüche des Fotografen eskalierten permanent. Nun musste es eine ganze Herde sein, die Sonne sollte von hinten scheinen, die Wasserspiegelung musste ideal sein, der Baum- und Buschhintergrund hatte zu stimmen.

Rastlos wird geschossen und im Wettbewerb mit den Kollegen im Bus sich bemüht, das beste Foto zu machen. Setzte der Bus sich wieder in Bewegung, wurde das Ergebnis trophäengleich gezeigt und gewürdigt ... oder verworfen und gelöscht.

Das nächste Wasserloch bietet (nur) wieder Zebras. Ach, ich habe schon über 40 Zebrabilder. Plötzlich tun sich beim Saufen 5 Zebras zusammen, was die Fotografen natürlich reizt, weitere Bilder zu schießen.

Ausgelöst wurde die Fotografiersucht durch Informationsreize der vorne im Bus sitzenden Kommentatoren: Zebra auf "11 Uhr-Position", Elefanten auf „9.00 Uhr“, Giraffe auf „15.30 Uhr“ ... sofort wurde die Kamera scharf gestellt, am 60 cm langen Tele gedreht und auf Position gegangen. Die besten Vorsätze, jetzt mal die Kamera beiseite zu legen, scheitern, wenn plötzlich ein schöner Baum oder eine schöne Wolke (die es natürlich auch in Deutschland gibt) am Himmel steht oder gar der Nachahmungstrieb geweckt wird. Wenn plötzlich mehr als drei Personen ihre Kameras zücken, bricht die Sucht auch bei den Anderen wieder aus.

Noch sind keine pathologischen Folgen dieser Fotografier- und Filmsucht bekannt. Tabletten sind auch noch nicht entwickelt worden; ein spezifisches Reha-Zentrum ist noch nicht in Sicht. Einzig wirksam sind das Leerlaufen der Batterie und die Kapazitätserschöpfung des Speichers,der Kamera oder auch des Fotografen.

Was man natürlich einkalkulieren muss: Freundschaften und Beziehungen werden unwiederbringlich gestört, sobald der Ehrgeiz entwickelt wird, die Fotos und Filme zu präsentieren.

Die Tausendsassa-Reiseführerin

Es passiert nicht allzu oft, dass man auf eine Reiseführerin im Bus trifft, die alles kann, alles gemacht hat und mehr als 24 Stunden am Tag beschäftigt ist:

- sie fischt vor 6.00h auf hoher See
- sie versorgt ihren Fincazoo mit 25 Ziegen, 12 Katzen, vielen Hühnern, vier Hunden, darunter einen nicht erziehbaren
- befördert entscheidend den Tourismus auf La Palma
- ist als Reiseleiterin tätig, auch in ganz schwierigen Fällen mit Texanern
- macht den Übersetzer in Deutsch, Englisch und Spanisch
- begleitet Filmaufnahmen (wie z. B. „Wunderschön" auf WDR 3), auch wenn mal ein Orkan ausbricht
- ist Politikerin und tritt auf der Insel für eine energische Umweltpolitik ein, ist deshalb bekannt, beliebt und gehasst
- hat ein Buch geschrieben
- schreibt Beiträge für die Geo-Zeitschrift
- ist mit vielen Einheimischen befreundet, die sie uns z. T. vorgestellt hat
- wird von den Männern in den Bars durch ihr Auftreten respektiert
- ist eine Rum-Expertin, was die Zubereitung und das Trinken anbelangt
- war viele Jahre als ausgebildete Ranger(in) auf La Palma tätig
- macht die Buchführung des Rum-Fabrikanten
- hat einige Jahre in Alaska als Hundeführerin gearbeitet
- war vor Ort auf der Insel LTU-Chefin und berichtete von „traurigen Rücktransport-Fällen"

- versorgte nicht nur eine gefallene Touristin auf unserer Tour, sondern auch zuhause ihren todkranken Mann
- ist aus Franken und Tochter des Kapitäns eines berühmten Segelschiffes, studierte und promovierte dort in Germanistik und Theologie
- machte vor 30 Jahren einen Segeltörn von Südafrika nach Europa, blieb dann aber mit ihrem Mann auf La Palma hängen

Dies hat sie uns auf einer Bustour von wenigen Stunden für wenig Geld neben den vielen Erläuterungen über Land, Leute und Biologie dieser Insel erzählt – wirklich eine Tausendsassa-Frau, wie ich sie noch nicht erlebt habe – falls alles stimmt!?

Familäres

In der Familie und Verwandtschaft erlebt man so viel – eigentlich könnte hierüber ein ganzes Buch zusammenkommen. Andererseits kann und darf man nicht alles schreiben. Nach der Zensur (durch die Familie) und meiner Zurückhaltung bleiben vier Kurzgeschichten und eine etwas längere Abhandlung übrig.

Nahe am Reisethema des Vorkapitels sind die Erlebnisse eines Familienurlaubs in Kos/Griechenland sowie der Urlaub mit den Enkeln in Ellemeet/Holland. Eine Taufe der Enkelkinder war ebenfalls eine lustige Geschichte wie auch ein Abendessen bei Schwester und Schwager. Diese gehören auch zu den Weinconnaisseuren – die Gegenstand eines Gedichtes wurden.

Eine endliche „unendliche Geschichte" lieferte meine Mutter.

Ein Großfamilienausflug nach Kos

Meine Frau Biggi hatte sich für ihren 70-jährigen Geburtstag eine Familienreise gewünscht. Die Wahl fiel auf eine 10tägige Reise auf die griechische Insel Kos. Alle waren dabei: Biggi und ihr Mann Rolf, Tochter Katja und Jörg mit ihren Kindern Lara (11) und Moritz (9), Tochter Simone und Martin mit ihren Kindern Emma (5) und Mathilde (3) sowie ihr Baby Tom-Jakob (4 Monate).

Eigentlich war alles langfristig und gut organisiert und vorbereitet – es könnte mal alles glatt gehen. Die Reise war auch sehr schön und hat allen gut gefallen. Alles ging jedoch nicht glatt. Deshalb werden nachfolgend die Highlights und die Lowlights beschrieben:

- Noch keinen ganzen Kilometer mit dem Taxi gefahren und Biggi hat entdeckt, dass sie ihren Personalausweis zu hause gelassen hat. Rolf hat vorsorglich die Reisepässe dabei. Wirklich? – Katja besteht aufs Aussteigen und Nachschauen. Wir haben sie.

- Am Flughafen angelangt, stürmte die Familie sofort ins Flughafengebäude und ich stehe allein da, um verabredungsgemäß auf Simone und ihre Familie zu warten. Sie hatten günstigerweise nur 100 m vorher geparkt. Nahezu der gesamte Hausrat und sämtliche Kindertransportmittel waren dabei. Martin baute auf den Gepäckwagen einen Turm, wo nur er als 2-Meter-Mann drüberschauen konnte. Simone bugsierte den Kinderwagen durch die Menge, den Max-Cosi und die Kindererhöhungssitze – ach das Baby war doch auch irgendwo versteckt. Der Familien-„Rest'" war trotz Anrufe nicht zu entdecken.

- Beim Einchecken ging bei uns alles ok. Aber Simone wählte einen anderen Schalter, hatte Pech, weil die „Tussi" unseren normalen Koffer, der viele Mal um die Welt gereist war, nicht akzeptieren wollte („wäre Sondergepäck"). Reine Willkür, da wir zwei die gleichen Koffer am Nebenschalter eingecheckt hatten. Ich protestierte, aber die „Tussi" kanzelte mich ab. Sie verdeckte sogar ihr Namensschild. Wir gingen zum Schalter und beschwerten uns. Leider hatte bei der Rückfrage die „Tussi" gerade Schichtwechsel; sie wusste wohl, was auf sie zu kam, und flüchtete.

- Alle Mann durch die Kontrolle. Lara fiel auf: zwei Scheren, die aber nicht bis ins Herz gehen konnten und dann trat auch noch ihr Pfefferspray für den gefährlichen Schulweg zutage. Eine einfache Entsorgung ging nicht; Katja musste aus dem Kontrollbereich raus und dann nochmals durch alle Kontrollen durch.

- Die Hotelanlage (mit den 5 Sternen) war sehr schön. Großflächig, ansprechende Architektur, super-gepflegt. Unsere Zimmer waren geräumig, die Badezimmer groß und modern, die Aussicht aufs Meer war grandios. Die Auswahl zwischen den insgesamt wohl 7 Pools (z.T. riesengroß) war so schwierig, dass man in der Regel ins Meer ging. Besser benutzte man dabei einen Steg, weil das Hineingehen ins Wasser durch Felsen und Steinen nicht so einfach war. Leider litt Lara unter einer dort verursachten Fußsohlenverletzung, die sie auch vom geplanten Tennisspielen abhielt.

- Das Wetter war hervorragend: tagsüber zwischen 23 – 25 Grad, nachts einige Grad weniger. Wir sahen kaum Wolken auf Kos. Meistens setzte jedoch mittags starker Wind ein, der aber erfrischend wirkte. Man brauchte sich hier keine Wettersorgen machen. Das Licht ist auf der Insel Kos ein ganz besonderes.

- Es gab ein Hauptrestaurant mit Buffets und 7 Sonderrestaurants. Eins hieß „Adventure Barbeque – Here you are the Grill-Master". Wir verabredeten uns auch einmal in diesem „Self-Service"-Restaurant. Wir saßen noch nicht ganz, schon begannen die Instruktionen, zwar in deutscher Sprache; aber im schnellsten Berliner Dialekt kam es rüber. Da ist das Fleisch, besser die Fleischberge, Fleisch- und Fischarten werden genannt; keiner konnte sich dies merken. Vorgerichte, Beilagen sind dort links, gegrillt wird dahinten. Parallel fragt ein Kellner nach den Getränken. Es begann also alles sehr intensiv. Wir nahmen Platz auf einer Bank; so ist es einfacher, aufzustehen und über die Bank zu steigen und sich das Gericht selbst zu kreieren. Alle stürzten sich auf die Fleisch-Fisch-Theke und dann die Stücke auf den heißen Grill bugsiert. „Hoffentlich stiehlt mir keiner mein Fleisch. Oh, da liegen auch Maiskolben." Faux pas von mir: zuerst gewürzt, dann auf den Grill gelegt. Grillmeister–Aufseher schimpft zurückhaltend. Einige von uns sind Grillzangenbesitzer- ein Monopol zum Wenden des Fleisches. Falsch, der Grillmeister verordnet es uns: „Noch zwei Minuten warten."

Aber ich weiß es besser!? Ist doch als Abenteuer beschrieben. Dann noch ein Maiskolben und Kartoffel in Silberpapier auflegen. Keiner wusste, wem was gehörte. Wo ist der Catchup und wo sind die Gabeln? Kaum saß man, war das Fleisch auf dem Grill schon gar. Essen wird total zur Nebensache. Der Kellner schenkte den Wein immer nach, auch wenn wir nicht da saßen. Es wurde alles noch lustiger und hektischer. Ich glaube, dass wir 10 Personen nie gleichzeitig am Tisch Platz nahmen, außer beim obligatorischen Foto. Das Gefühl kam abhanden, wieviel man aß und trank. Auf jeden Fall waren wir bald satt und abgefüllt und das schon nach etwa 40 Minuten. Wenn das kein Abenteuer war?

- Baby Tom-Jakob-Juppes schlief, lächelte oder schrie. Schlief er auf dem Arm ein, so wurde versucht, ihn in den Kinderwagen

- zu legen. Wieder falsch gedacht! Es gab vier Versuche von unterschiedlichen Personen (also ein echter Wettbewerb) – er wurde immer wieder wach und schrie, wenn er zum Liegen kam. Es war kein schlichtes Weinen, sondern ein schrilles Hochfrequenzschreien – einer Alarmanlage gleich. Alle zuckten zusammen, die laute italienische Musik trat in den Hintergrund. Also blieb dann nur die Flucht aus dem Restaurant hinaus nach draußen.

- Wir erlebten den digitalen Horror. Alle besitzen ein Smartphone, einige ließen es im Safe. Andere nutzten die WLAN-Möglichkeit der Hotelanlage heftig. Auf den Zimmern funktioniert es nicht, aber leider in den Restaurants. Sitze mal neben den Kindern und aber auch schon mal bei den Erwachsenen und die starren permanent auf ihr Smartphone. Die nichtssagenden Inhalte der SMS und Whatsapps möchte ich hier nicht zitieren. Das Essen wird als unwillkommene Unterbrechung der Smartphone- oder Gameboynutzung gesehen.

- Emma und die Bühnenshows prägten oft den späten Abend. Mehr als den Strand, das Meer, die Spielplätze und das Essen liebte Emma die Kinderdisco und die anschließende Musik-Tanz-Show. Sie hielt es nicht auf ihrem Sitz oder dem Schoß ihres Opas; sie wollte selbst tanzen. Leider blieb die Bühne für Gäste weitgehend tabu. Es war jeden Abend schwer, Emma von der Disco aus ins Bett zu bekommen.

- Mathilde fiel mit ihrem Temperament auf. Sie bedrängte des öfteren ihre ältere Schwester, war in der Wahl der Mittel nicht immer wählerisch. Auch der kleine Tom-Jakob hatte unter ihrer knallharten Zärtlichkeit zu leiden. Ihr Temperament und „Charme" ließen auch „Streicheleinheiten" ins Gesicht gegen ihre Mama und ihre Oma nicht aus.

- Oma bekam ihr letztes Geburtstagsgeschenk von ihrer Familie: Strandsteine. Alle sammelten fleißig. Katja besorgte ein passendes Kos-Schmuckkästchen. Mehrfach wollte Biggi sich selbst so eine Schatulle kaufen. Also mussten wir schnell ein Mittagessen nutzen, um ihr diese Steine und die Schatulle zu schenken. Die großen Steine wurden aus Gewichts- und Zollgründen später ausgetauscht. Auf jeden Fall war sie am Ende des Urlaubs eine steinreiche Partie.

- Mit dem Bus ging es ab zur Stadt Kos – etwa eine halbe Stunde. Die Hinfahrt erlaubte uns gute Sitzplätze. Aber auf der Rückfahrt blieben uns nur noch Stehplätze. Rolf hatte zwar rechtzeitig das Mittagessen bezahlt, aber die Frauen mussten kaufen, kaufen, kaufen … bis zur letzten Sekunde und der Bus fuhr schon fast ab; Stehplätze für fast alle waren die Quittung.

- Die Kinder vertrugen sich ausgezeichnet miteinander: am Strand, im Meer, auf dem Spielplatz, in der Aquaparkanlage. Wettbewerbe im Laufen und Springen waren sehr beliebt und schafften Ehrgeiz. Boccia und Tischtennis waren ebenfalls beliebt. Biggi ließ man als Geburtstagskind öfters gewinnen.

- Die Kellner machten uns schon größere Probleme mit unserem Zusammensitzen im Restaurant; bei 10 Leuten und ein Baby nicht immer einfach. Man musste schon mal etwas grober werden, was manchmal erfolgreich war und öfters nicht. Schon fast lächerlich war, dass meine Frau mit mir und Katja mit Simone an zwei getrennten Tischen sitzen mussten, weil im sog. „First Date-Restaurant" nur Paare erlaubt waren. Es war wie bei Loriot, als wir mit unseren Töchtern laut von Tisch zu Tisch kommunizierten.

- Beim servierten Abendessen musste die kleinen Mädchen immer genau dann auf die Toilette, wenn der Kellner auftischen wollte. Das Baby hatte diese Situation auch erfasst; es fing an sich zu regen und manchmal zu schreien.

- Das All-inclusive-Angebot war natürlich verführerisch. Man aß und vor allem man trank viel mehr als man wollte. Die Snack-Bar am Strand war für alle Familienmitgliedern sehr interessant und gut besucht: Kaffee, Ouzo, Slushis, Bier, Cocktails, Crepes, Hotdogs, Softeis und Waffeln.

- Bestimmt einer der Höhepunkte war für die Jörgs und Katjas Familie die „Sofatouren auf dem Meer" hinter dem Schnellboot her. Man bestellte nur die Stufe 1, die aber für Katja schon hart genug war. Aber Jörg war dies nicht genug. Er fuhr mit einem Scooter mit Lara und Moritz als Beisitzer mit 70 km/h über das Wasser._Für einen Anfänger fuhr er ganz schön flott.Rolf verlor seine Handytasche mit fast 100 Euro. Er hatte – wie schon so oft – wieder mal Glück. An der Rezeption konnte er alles zurückbekommen; es gibt halt viele ehrliche Leute.

- Rolf leistete sich eine Trikotspende und das ging so: Beim Syrtaki auf der Bühne kam er mit einem jungen Mann ins Gespräch, der ihm bei der Koordination seiner Beine half. Da er am Tag zuvor sein weißes Bayer04-Trikot anhatte, sprach er ihn auf seinen Verein an. Er selber wäre Bayern-Fan (ein Affront!) und stammt aus Haifa. Er hat dort als Torhüter gespielt und auch sogar in der israelischen Nationalmannschaft, die gegen Deutschland auch einmal 0-4 verlor. Er fragte, ob Rolf noch ein weiteres Bayer-Trikot habe. Voller Leichtsinn sagte Rolf ihm sein eigenes Trikot zu und nannte seine Hotelzimmer-Nummer. Dort stand er am nächsten Tage. Er war sehr dankbar, umarmte und küsste Rolf. Danach sahen wir ihn nicht mehr wieder. Es war unsererseits wohl ein Beitrag zur deutsch-israelischen Verständigung.

- Zum Schluß machten wir ein professionelles Gemeinschaftsfoto. Die Zeitabstimmung hierfür war wie immer schwierig. Wir nutzten die letzte Chance am Vorabend der Abreise. Das Posing war nicht so ganz einfach; alle mussten drauf sein und die Augen offen haben. Ich glaube, dass sich das Ergebnis sehen lassen kann.

- Der Checkin auf der Rückreise war betitelt als „Easy-Check-in" im Hotel am Vorabend. Das Packen fiel uns am Vortage schwer, die Schlange war genauso lang wie am Flughafen. Aber am nächsten Morgen profitierten wir davon. Wir mussten wenig schleppen und konnten in aller Ruhe noch das Hotel und die Pools nutzen.

- Der Flughafen war klein und an dem Morgen stark frequentiert. Ein Terrorist hätte leichtes Spiel, hier durch die Kontrollen zu kommen; das Abfertigungspersonal war sichtlich überfordert.

- Ein Happy End in Düsseldorf machte dann alle happy. Öfters schwärmen noch einige von diesem Großfamilien-Ausflug.

Enkel – „Urlaub" in Ellemeet

Die Erwartungen an die Urlaubswoche in einem Ferienhaus in Ellemeet/Niederlande waren gedämpft: Ein großflächiges Tief stand auf der Wetterkarte. Die vier Enkelkinder (1, 3, 8, 10 Jahre) sind alle kleine Persönlichkeiten, lebendig, windel- bzw. schnullernutzend, mütterlos, einige schulmüde, nicht gerade leise und – wie alle Kinder – alles andere als ordnungsliebend.

Schon vorab wünschten uns unsere Bekannten sarkastisch bis mitleidsvoll „schöne Ferien".

Die Ferien beginnen mit der Anfahrt und noch vorher mit dem Packen. Das Gepäck für alle Wetterlagen und für vier Kinder und zwei Erwachsene sowie das Spielzeug der Kinder ist in einem VW- Sharan unterzubringen. Daneben müssen noch die Personen darin Platz nehmen können – eine Herkulesaufgabe.

Das vorher angelieferte Gepäck von den älteren Kindern und das eigene Gepäck wurden in Erwartung des Gepäckberges der kleineren Kinder auf den Bürgersteig platziert. Einerseits kann mit dem gesamten Gepäck auf den Bürgersteig besser sortiert und rationeller eingeräumt werden, andererseits war der Schock sehr groß, weil man nicht erwarten konnte, dass dieser „Berg" in das Auto passt. Es musste auch noch schnell gehen, weil wir pünktlich los wollten und vor allem sollte aufgrund des Gepäcks auf dem Bürgersteig nicht das Gerücht aufkommen, dass wir schon wieder aus dem Haus ausziehen. Jede auch noch so kleine Lücke im Auto wurde ausgefüllt.

Die Dreistundenfahrt ist eigentlich ganz passabel abgelaufen. Die moderne Elektronik leistet da ja gute Hilfsdienste: Navi, Videoplayer, Nintendo in der modernsten 3D-Version, Handys zum Spielen und moderne Lesebücher zum Vorlesen. Das Windelwechseln benötigte nur kurze Raststättenpausen, das unvermeidbare Essen auf der Fahrt versaute ja nur den Innenraum eines fremden Fahrzeugs.

Die überwiegende Mehrheit wollte dann direkt bei Ankunft den Strand sehen und hatte einen unaufschiebbaren Hunger. Logischerweise führte dies zur „Perrys Strandrestaurant" – dort wurde einem ja beides geboten – Strand und Essen. Die Betreuungspersonen konnten auch mal durchatmen – ohne jedoch die quirlige Kleinste aus dem Blickfeld zu verlieren.

Die nächsten Stunden waren das „Highlight". Alles geschah nahezu simultan: Auto ausräumen, über 200 m zum Haus über eine nasse Wiese transportieren, Riesengepäck für 6 Personen in dem Ferienhaus „sinnvoll" verteilen und verstauen, Windelwechsel zwischendurch, unbekannte Fernseher und Receiver einstellen, Schlüssel für das Gartenhaus auftreiben, Bettwäsche beschaffen und die falschen Laken wieder eintauschen, weinende Kinder trösten, Streit schlichten, Anrufe der besorgten Mütter erledigen, SMS beantworten, sich in der Küche zurechtfinden, was manchmal wie ein Suchspiel anmutete, Essen zubereiten, Getränke anbieten, alle halbe Stunde aufräumen, damit man noch durch den Raum gehen konnte, Flecken im Teppich sofort entfernen, Laufrad fahren unterstützen.

Die meiste Arbeit entfiel auf Oma, die schon nach 4 Stunden geschafft war und resümierte: Ich glaube, das war das letzte Mal mit allen Enkeln zusammen – eine Erkenntnis schon nach 10 Stunden „Urlaub".

Aber auch viel Positives war zu berichten. Die Kinder machten fast jeden Abend eine Show, zumeist mit entfremdeten Kleidungsstücken, die dann auf dem Boden entsorgt wurden. Man bedenke, was sonst für solch ein Animationsprogramm bezahlt werden müsste. Selbst die kleine Mathilde war außer Rand und Band, tanzte und plapperte unentwegt. Der Strand und die Dünen wurden mit großer Freude und Begeisterung erobert. Vom Versteck- und Fangenspielen auf einem paradoxerweise sehr übersichtlichen Spielplatz bekamen die Kinder nie genug. Was einem Erwachsenen völlig abgeht, begeistert die Kinder: Sie genießen die Unordnung in Haus und Garten – alles ist direkt greifbar. Olympischer Mehrkampf fand am Strand großen Gefallen. Nur Opa litt beim Sandweitsprung unter einer kleinen Leistenzerrung.

Es geschah auch Einiges: Die weinenden Kleinkinder wollten alle gleichzeitig auf den Arm von Oma, die noch zwei Kilometer Heimweg vor sich hatte. Also Befehl an Opa, das Auto holen. Moritz ging mit. Auf die Anmerkung, dass dies sehr tapfer sei, entgegnete er, dass es viel tapferer gewesen wäre, bei den heulenden Kindern zu verbleiben.

Als es den Kindern beim Abendspaziergang durch das Dorf zu kalt wurde, wurden sofort Pullover gekauft – erzieherisch wohl nicht das Gelbe vom Ei.
Emma schaffte es mitten in der Nacht, unbemerkt aus dem Bett aufzustehen, die klassisch holländische Steiltreppe herunterzu-

steigen und zu fragen, ob es erlaubt sei, auch hier unten zu schlafen.

Das Abendprogramm von Oma bestand in der Einschlafdressur der beiden Kleinen. Vorlesen, Singen, Beruhigen, Versprechen, und das 2 mal 1 h . Die Abende waren gelaufen, die Kinder aber happy. Emma hatte schnelle Erholungserfolge. Sie fragte ausgeschlafen, ob es gerade noch Nacht ist oder schon Morgen.

Eis und Pommes sind nicht nur Grundnahrungsmittel für Kinder, sondern Teil eines erzieherisch umstrittenen Erziehungssystems. Das Weinen aus wichtigen Gründen konnte damit abgestellt werden: Weil Opa und nicht Oma die Autogurte öffnete, weil halb nackt durch das kalte Holland gegangen wurde, weil ein Butterbrot mit Streusel (für den Teppich) handlicher durchgeschnitten werden sollte, weil schon nach einer Stunde KiKa abgeschaltet wurde.

Renesse-City war der beliebteste Ort für Oma und Lara: Einkaufen, Essen, Eisschlecken, Trampolin, Reiten konnten dort praktiziert werden – alles sehr typisch für einen Strandurlaub.
Nachts kamen einem die Albträume hoch. Wir hatten auf vier „geliehene Kinder“ zu achten. Es konnte viel passieren.

Deshalb waren wir froh, die Kinder gegen Mitte der Woche den nachgereisten Müttern gesund und munter zurückgeben zu können. Nun wurde es zwar räumlich enger, die Plankoordinierung wurde schwieriger, weil noch zwei Chefs hinzukamen. Vorher waren die Verhältnisse geordnet: Oma war Sklave der Kinder, Opa war Sklave von Oma. Nun gab es ein soziologisches Chaos.

Die Hackordnung wurde täglich neu ausgekämpft. Gott sei Dank gab es auch eine Erleichterung. Das zweite Auto verschaffte Flexibilitäten, sodass nicht immer eine Mehrheitsentscheidung galt. Ab und zu entzog sich Opa dem Chaos, in dem er mit dem Rad vorfuhr.

Alles in allem war es erlebnisreich, anstrengend und lustig zugleich. Wir waren stolz auf unser Durchhaltevermögen.

Taufe „light"

(Der Taufgottesdienst von Emma und Mathilde. Ein Gedächtnisprotokoll Die liturgischen Texte werden nicht zitiert.)

„Hallo liebe Taufkinder, hallo werte Taufgemeinde und Tauffamilien. Alles da, dann können wir ja anfangen.
Wir wollen heute drei Kinder taufen: Emma, Mathilde und Jonathan. Wo sind sie? Jonathan schläft noch im Kinderwagen – gut so.
Zuerst singen wir das Lied, das ganz hinten in dem verteilten Papier steht; logisch nicht wahr. Schön, ihr habt ja die Musik heute selbst mit dabei: Gitarre statt Orgel.

Wundern Sie sich nicht. Während der ersten Strophe des Liedes bin ich mal kurz weg, um die Bibel zu holen. Man kennt zwar seine Texte einigermaßen, aber besser und genauer ist es, wenn ich daraus vorlese …

Die Taufe besteht aus mehreren „Zeichen". Eben habe ich die Texte gesprochen, die zu einer Taufe passen. Sie waren sicherlich überrascht, dass ich alles aus dem Kopf vortrug. Aber wenn Sie mal an die 600 Kinder getauft haben im Leben, dann könnten Sie das auch auswendig …

Bei den Gebeten und Liedern habe ich schon genau gesehen, wer mitsingt und mitspricht. Ich weiß aber, dass die Anderen, die ich jetzt nicht verraten werde, ganz leise mitgesprochen haben. Aber manche sind wohl auch nicht mehr so textsicher …

Nun muss ich als weiteres „Zeichen" noch salben. Keine Angst, nicht wie bei den Propheten den ganzen Körper. Nur ein wenig die Stirn salben. Na, wo seid ihr Taufkinder denn jetzt?

Für den Namen Emma gibt es eine Heilige (Emma von Lesum); auch Mathilde hat die „heilige Mathilde". Aber für Jonathan gibt es leider keinen. Wir wollen ihn trotzdem Jonathan taufen – er kann sich einen Heiligen später noch aussuchen.

Und nun müssen wir noch mit Wasser taufen – das letzte und wichtigste Zeichen. Ostern habe ich schon an Euch gedacht und das Wasser geweiht. Also ich taufe Dich auf den Namen „Emma". Wie war noch der Name der Schwester. Ach ja, Mathilde. Ich taufe Dich auf den Namen „Mathilde" …

Jetzt wollen wir nochmals Musik machen. Es gibt doch ein Kind, das die Gitarre spielt. (Es war Lara, die dann schön spielte. Moritz spielte neulich zu Hause auch sehr schön; er zierte sich, da er davon ausgegangen war, dass die Kirche, wie er es Weihnachten erlebte, rappelvoll war)

Das alles haben wir beim Tauf-Vorgespräch so besprochen. Bei der einen Familie ging das ja relativ zügig, mit der anderen Familie hat es doch länger gedauert, aber (mit Goodwill erheischenden Blick und um Gleichbehandlung bemüht) bei beiden Familien war es natürlich gleich schön.

Zum Schluss unseres Taufgottesdienstes singen wir das abgedruckte erste Lied. Ich muss mich jetzt schon verabschieden; bei der letzten Strophe muss ich leider gehen, da ich bei einer anderen Feier erwartet werde. Nach diesem Lied betrachten Sie den Taufgottesdienst als beendet (für eine Kollekte fehlte die Zeit oder ein Gehilfe). Aber keine Angst, ich schließe Sie nicht ein."

Und er hielt Wort, verschwand und schloss wirklich nicht ab.

Der Umzugshorror

Ein schöner Sommerabend mit Grillen im Garten gibt die Chance, sein eigenes Grundstück und sein Haus in Hanglage einmal in Ruhe und etwas Alkohol entspannt – also gut gelaunt – zu betrachten. Der Fastvollmond und der klare Sternenhimmel schärfen in der Dämmerung die Konturen des Hauses.

Ein Dialog beginnt:

Das Haus ist doch viel zu groß für uns zwei Personen. Und viel Arbeit macht es auch.

Habe ich schon immer gesagt. 180 qm plus die Kellerräume sind in unserem Alter zuviel.

Eine Million Euro müssten wir schon dafür kriegen – oder träume ich?

Na ja, weiß ich nicht, aber für eine schöne Eigentumswohnung – am liebsten mit Dachterrasse – müsste es allemal reichen.

Vor einem Umzug habe ich richtig Angst.

Allein deine Notstandsreserve mit Lebensmittel ist für eine 30-tägige Krise für mindestens 20 Personen ausgelegt.

Und die Leute wären mit diesen Weinvorräten dabei wohl immer betrunken. Vor allem müssten die Pakete Streichhölzer („Welthölzer") und Kernseife („für fast alles bestens geeignet"), die mein Vater beschaffte, an den Mann gebracht werden.

Na, die sollten wir nicht so einfach weggeben.

Ich glaube, wir richten uns dann ganz neu ein.

Von den Möbeln brauchen wir eigentlich nur die schönen Sofas.

Der Couchtisch passt doch auch hervorragend dazu.

Keinesfalls könnte ich auf den großen Eibenschrank verzichten-
ein Erinnerungsstück und noch immer nett anzusehen.
Die Regalwand habe ich selbst gefertigt, aus wertvollem Maha-
goni. Sie müsste eigentlich in eine 100 qm-Wohnung hineinpas-
sen.
Sind 100 qm nicht zu wenig für unser Mobiliar?
Jetzt habe ich nach langer Zeit endlich ein Automatik-Bett. Es
ist sehr bequem und es ist auch passend zum Kleiderschrank.

Die Gäste zählten insgeheim schon die Möbel zusammen und
erfragten, ob denn die Fernseh- und Stereogeräte und vor allem
die Indoor-Fahrräder auch mit umziehen würden.

Ein spontanes kompromissloses „Ja" von beiden Seiten.

Den Charme unseres Ausziehtisches und der Stühle wollen wir
doch auch hinüberretten.

Die Gäste überschlugen kurz: Mit 100 qm kommt ihr da nicht
hin.

Dann macht der ganze Umzug kaum noch Sinn, wenn wir wieder so ein großes Haus haben müssen.
Aber es wäre eine gute Sache, mal alles auszuräumen, um einen
Überblick zu bekommen.
Wir können dann ja einen Antiquitäten-Garagenverkauf veran-
stalten. Ich glaube, hierfür müssten wir 4 Wochen veranschlagen
und danach sowieso den großen Container bestellen.
Alles grauenhaft; ich glaube, wir bleiben hier wohnen. Die Million kriegen wir sowieso nicht. Und der Blick in die Landschaft

ist einmalig. Die Blumen fressenden Rehe nehmen wir dann auch noch in Kauf.

Wir trinken noch einige Gläschen Wein und schauen dann nochmals mit einem gewissen Abstand auf unser kleines tolles Haus – genau richtig für uns zwei und den Besuch, der dann bei uns übernachten kann.

Die Weinconnaisseure

Vorweg, es war ein schöner Abend und sogar Nacht.
Alle fühlten sich lockerer als am Anfang gedacht.
Zum Dinner erschienen Frauen und Männer, jeweils drei,
wirkliche Kenner vom Wein waren die Männer, aber nur zwei.
Der Aperitif fand noch das Ok auf der Terrasse unseres Haus.
Wegen Verspätung fiel der Aperitif des anderen Paares aus.

Strafe muss sein, der Kaltstart begann mit Grauburgunder
und natürlich zu warm, der Gastgeber bekam Zunder.
Sogar von Renate, allein durch Heirat zur Weinexpertin mutiert.
Da half auch der Blick aufs Thermometer nur limitiert.
Schmeckte er nach Pfirsich oder Aprikosen,
nach frischem Obst oder nur aus alten Dosen.
Die Experten rätselten, waren sich aber schnell sicher,
über die Qualität des „Abgangs" entstand ein Gekicher.
Andere verweigerten den jüngst beschafften Riesling-Wein,
für sie bestimmte der Arzt, lass die Säure sein!

Die Weißweine fanden zwar Anklang und verhaltenes Lob.
Man war da wohl noch höflich, überhaupt nicht grob.
Begeisterung sieht natürlich anders aus,
das „große" Investment zahlte sich wohl nicht aus.
Auch der gegoogelte Expertenrat aus dem Internet,
für das Vorgericht einen kräftigen Riesling war zu kokett.
Im Widerspruch zum Qualitätsurteil stand die verzehrte Menge,
nach dem Dinner herrschte im Weißweinvorrat kein Gedränge.

Nun kam das Hauptgericht und wir wechselten auf roten Wein.
„Ab in den Keller!" Ein Franzose war nicht zu fein.

Die Wahl fiel auf einen Wein mit Namen – einen Bordeaux,
einen Chateauwein, ausgezeichnet mit einer Medaille D'or.
Na zeig mal her, ist doch etwas zu kalt,
na 2011, scheint doch nicht so alt.

Hast du den Spezialausgießer mit dem Denkantiereffekt,
nur so wird der Wein im Glas ganz korrekt.
Seltsamerweise bildet der Wein kaum Schlieren im Glas,
vielleicht – so der Gastgeber – war Pril drin ohne Maß.
Er sei wie ein guter Landwein im Geschmack,
ganz wie ein schönes Auto – ohne Lack.

Von Schluck zu Schluck kam der Wein dann besser weg.
Ich war mir nicht sicher – war dies ein Gag?
Steigern wollte ich dies noch durch Schnäpse und Spirituosen.
Im Schrankvorrat zeigte ich die Flaschen, verschlossen oder lo-
se.
Natürlich lockten die verschlossenen Schätze mehr.
Ich gab mein „letztes" Hemd für diese Connaisseure her!
Die Stimmung stieg dann von Minute zu Minute,
sie konzentrierten sich nach Proben natürlich nur auf das Gute.

Die Weinconnaiseure zum Dinner einzuladen,
Bedeutet wirklich, alles zu wagen.
Sie testen, schmecken, kritisieren,
die Anderen können da nur lamentieren.

Omas Zähne – eine unendliche Geschichte

Der Mensch hat ein Gebiss, damit er seine Nahrung zerkleinern kann. Nebenbei kleidet ein Zahngebiss einen, wenn man ins Lachen oder Lächeln kommt. Beide Gründe schlagen bei Oma im Alter von über 89 Jahren nicht mehr besonders durch. Das Lachen ist ihr seit ihrer Schultergelenkoperationen etwas abhanden gekommen. Beim Essen wird die Zahnprothese herausgenommen; es tangiert dann ja mehr den Gaumen.

Trotzdem hängt sie an ihrer Zahnprothese – zumindest solange die Kosten von den Kranken- und Versicherungskassen übernommen werden. Schließlich ist man auch als ältere Dame mit Stil auf eine vollständige Ausstattung angewiesen. Ein Verlust wiegt schwer; er hat physische und psychische Folgen.

Der erste Verlustfall ereignete sich beim Krankenhausaufenthalt. Vergesslichkeit, Schamgefühl und Unaufmerksamkeit sind verantwortlich. Es gab zwar Suppe, die man natürlich ohne Prothese einnehmen kann; sie stört nur den Durchfluss. Also Zähne herausnehmen und neben den Teller auf das Tablett gelegt! Damit der Anblick nicht irritiert, wird das Gebiss durch ein Papiertaschentuch schamhaft versteckt. Nach dem Essen wieder ab ins Bett. Die gehetzte Krankenhausgehilfin rafft die beiden Tabletts zusammen und weg ist sie. Als der Verlust kurz danach entdeckt wurde, bemühten sich abwechselnd Krankenschwestern, Küchenpersonal und Anverwandte, die Zahnprothese vor den großen Küchenabfallbehältern zu retten. Alles vergeblich!

Damit Oma wieder beißen kann – so wurde zumindest gegenüber dem Zahnarzt argumentiert – müsste möglichst schnell ein neues Gebiss angefertigt werden. Über Beziehungen schafften wir es sogar, dass der Zahnarzt ins Krankenhaus und hinterher zur Kurzzeitpflege von Oma ins Altenheim kam und seine Arbeit dort – natürlich ohne Behandlungsstuhl verrichtete. Nicht der umständliche Anfahrtsweg hatte den Herrn Doktor gestört, sondern der leichte Uringeruch auf dem Flur.

Die letzten Anproben geschahen dann in der Zahnarztpraxis. Eigentlich passte es nie. Dabei drückten nicht nur einige identifizierbare Stellen, sondern alles und überall. Die Fragen nach der Passform und dem aktuellen Wohlergehen wurde immer negativ beantwortet; kleinere Differenzierungen nahm der Arzt kaum wahr. Gleichwohl war er professionell geduldig und nachsichtig mit der alten Dame. Es bedurfte vieler Anproben, bis das Gebiss noch immer nicht perfekt saß.

Eine Anprobeaktion beim Zahnarzt ist kein einfacher Vorgang angesichts erheblicher Gehprobleme. Mit einer Terminabstimmung, die mit Friseuse, Fußpflegerin und Physiotherapeuten koordiniert werden musste, und der auch nicht kurz vor oder nach dem Mittagessen liegen durfte, fing es an. Dann rein in den Rollstuhl, ins Auto umgesetzt, Rollstuhl ins Auto, Fahrt, Parkplatzsuche nach einem niedrigen Bordstein, Aussteigen, Rollstuhlbenutzung, Aufzug "besetzen", anmelden und trotz Vorzugsbehandlung warten. Nach der Vier-Minuten-Behandlung erfolgte alles nochmals in der umgekehrten Reihenfolge. Die Rekordzeit belief sich auf knapp unter 2 Stunden.

Oma erfreute sich einige Wochen an dem neuen Gebiss und setzte es auch einige Male ein.

Eines Tages druckste sie rum. Nach mehrfachem Fragen gestand sie, dass sie seit Tagen ihre Zahnprothese vermisste. Sicherlich waren es die unachtsamen Pflegekräfte, die sich mit solchen Gegenständen nicht anfreunden konnten. Die Abfallkörbe waren aber schon entleert; auch die Inhalte der Restmülltonne hatten schon die Müllverbrennungsanlage gesehen. Es war nichts mehr zu machen; außer die bereits auswendig gelernte Telefonnummer des Zahnarztes (eine Kurzwahlnummer würde sich mittlerweile lohnen) zu wählen. Vier routinemäßige Besuche beim Zahnarzt und schon war ein neues Kunstwerk erbracht.

Einige Monate später wurde umständlich erklärt, dass sich die Zahnprothese wieder auf den Weg gemacht hatte. Eben lag sie doch noch auf dem Tisch, so die anwesenden Zeugen. Sämtliche Abfalleimer wurden verdächtigt. In die Ritzen von Sofa und Sesseln wurde geschaut. Die Durchsuchung hätte mancher Mordkommission Respekt abverlangt. Zwischendurch fiel immer wieder der hoffnungsvolle Satz, dass das Haus ja bekanntlich nichts verlieren kann. Das Haus vielleicht nicht, aber die Wohnung doch. Bevor diese schlechte – aber für den Zahnarzt finanziell gute – Nachricht an den Zahnarzt gehen soll, musste jeder Winkel der Wohnung mehrfach von mehreren Personen durchleuchtet werden. Auch diesmal ohne Erfolg.

Bei der Terminabstimmung für eine neue Prothese stöhnte die Sprechstundengehilfin auf. Schon wieder! Alles nahm seinen gewohntenGang – besser Gänge. Mit zwei Neuerungen: Es war diesmal noch eine Konsultation mehr, in der ausgerechnet zum Schluss die Prothese auf einen Steinboden fiel. Der Steinboden hatte gewonnen, das Gebiss war entzwei. Aber es sei jedoch nur ein glatter Bruch, der geklebt werden konnte. Auch Lerneffekte stellten sich ein: Das Gebissmodell wird bei Oma nun im "Hochsicherheitstrakt" des Zahnlabors aufbewahrt, denn so sparen wir Kosten und vor allem Wegezeit.

Diese Prothese war wirklich von den Gesetzen der Erdanziehung geprägt. Oma jonglierte mit dem Gebiss im Badezimmer mit dem befürchteten Ergebnis, dass das Gebiss nochmals brach. Also wurde es erneut geklebt und zudem wurde eine Drahtverstärkung eingebaut. Zu Omas großer Freude saß das Gebiss nun viel besser als vorher. Also war das ganze Theater der wiederholten Neuherstellung und Brüche in Wirklichkeit ein langwieriger Optimierungsprozess.

Zu einem 90. Geburtstag ihrer Wohnungsnachbarin wurde Oma eingeladen. Ein Taxi holte sie ab. Beim Festessen konnte Oma den Gaumenfreuden frönen; ein Gebiss hätte doch sehr gestört. Die Handtasche war ein hervorragendes Versteck. Nur als bei der Rückkehr der Hausschlüssel lange gesucht wurde, kam das Gebiss unbemerkt zu Fall. Bemerkt wurde der Verlust erst am Küchentisch in der Wohnung. Die Rückfragen im Restaurant und beim Taxiunternehmen hatten diesmal Erfolg. Der Taxifahrer hatte sich bei der Suche erschrocken und das gute Stück mit Vorsicht und Tempotaschentuch eingepackt. Es konnte in der Taxi-Zentrale abgeholt werden. Oma zeigte sich beglückt, alle Anverwandten auch.

Selten kann man mit so großer Gewissheit sagen: Fortsetzung folgt!

… eine unendliche Geschichte.

Und schon geschah es. Oma fand ein neues Versteck. In der Wohnung wurde richtig aufgeräumt. Die Zahnprothese schlich sich in den Abfalleimer. Selten wird er geleert, aber diesmal natürlich sofort in den großen Container. Aufpassen musste man natürlich beim Herausangeln des Müllbeutels aus einem leeren Großcontainer, dass man selbst nicht hineinfällt, was jedoch fast geschah. Die Aktion glückte und die Zahnprothese wurde wieder an ihren richtigen Bestimmungsort (Omas Mund) verbracht. Oma fiel dabei ein Stein vom Herzen, der weit zu hören war.

Umgezogen ins Altersheim hatte Mutter erst einmal andere Sorgen als ihre Zähne. Dann aber wurde ihr das Problem wieder bewusst. Sie klagte über Schmerzen.

Ein Stadtrundgang in Hilden führte uns wegen der Kälte in ein Café. Beim ersten Kaffeegenuss geschah es dann: Mutter verlor ihre Unterkieferprothese. Eine junge Frau hatte etwas bemerkt, war neugierig, was da auf dem Boden lag, wollte dies jedoch verbergen. Ich musste einen Moment abpassen, wo sie mehr Aufmerksamkeit ihrer Freundin schenkte als dem Ding auf dem Boden. Mutter tat ganz unbeteiligt, als wenn sie ihren Werteverlust nicht registriert hätte. Ich suchte eine Serviette und tauchte blitzschnell ab und griff dann das Ding. Mutter war ganz überrascht, wo denn die Prothese herkam und legte das Ding wieder an den richtigen Ort. Dabei erzählte sie von den großen Schmerzen, was ja nur der Zahnarzt beheben könne. Gesagt getan. Also wieder einen Termin in der Zahnarztpraxis besorgt. Trotz meiner Vorwarnungen berichtete sie, das eigentlich es überall weh täte und dies schon seit einigen Monaten. Nur der arme Sohn sei ja nicht dazu gekommen, sie zum Zahnarzt zu begleiten. Oma bekam ein Ausgleichsmaterial unter ihrer Zahnprothese verpasst, die Modell für eine neue Prothese sein sollte. Am nächsten Tag vernichtete eine Pflegerin das ganze Werk, weil Oma über Stoßstellen klagte und die Pflegerin nahezu die gesamte Ausgleichsmasse wieder abrieb. Also wieder zurück auf Start.

Der nächste Besuch beim Zahnarzt war der bisherige Höhepunkt: Der Aufzug war seit Tagen kaputt; wir kamen nicht in die Praxis im 1. Stockwerk. Kein Problem: Zwei Gehilfinnen kamen in den Eingangsflur, wo ein stetes Kommen und Gehen herrschte. In einer Ecke- bei bescheidenen Lichtverhältnissen – wurde eine neue Ausgleichsmasse unter die Zahnprothese eingearbeitet. Das Anstrengendste für die Gehilfinnen waren die häufigen Anmerkungen von Passanten, ob sie auch hier in der Ambulanz behandelt werden könnten oder ob man doch nach oben müsste.

PS: Leider, leider ist es keine unendliche Geschichte. Oma verstarb Ende 2011. Wie gern würde ich sie noch mal zum Zahnarzt begleiten.

Kritisches

Auch ich musste manchmal „Luft ablassen". Ein Aufschreiben der Geschichte hilft dabei enorm.

Es regte mich auf, dass viele Leute einem die Zeit stehlen, dass eine „Hotline" einen nur „heiß" macht und dass Nachbarn zuweilen auch lautere Geräusche produzieren.

Aus dem Berufsleben stammen die Erkenntnisse der letzten zwei Beiträge über Karriere und Rhetorik, wozu dann auch die Wahlkampf – Rhetorik zählt.

Zeitdiebstahl

Der Welt und insbesondere den Menschen ginge es wohl besser, wenn ein neuer Straftatbestand eingeführt würde: Diebstahl der Zeit des Anderen.

Die Medizin und der höhere Lebensstandard haben es geschafft, dass die heutigen Menschen deutlich länger leben als früher. Einige Jahre sind dazugekommen. Aber stimmt dies wirklich?

Zählt man schlicht die Jahre zwischen Geburt und Tod, so stimmt es zweifellos. Aber leben heißt ja nicht atmen oder in der Einwohnerdatei einer Stadt eingetragen zu sein. Orientiert man sich bei der Lebensdauer jedoch an der sinnvollen, erfüllten und bewussten Lebenszeit – also nutzenorientiert – so reduzieren sich die Zeiten im beachtlichen Umfang. Hier ist nicht gemeint, dass normative Maßstäbe gelten sollen, also dass beispielhaft im Liegestuhl liegen oder die Befassung mit alten Handwerkskünsten als nicht nützlich abzuziehen wären. Das würde ein Werturteil unterstellen.

Nein, gemeint ist ungewolltes, nutzloses Warten. Ein Stau auf der Autobahn, verursacht durch einen Unfall oder durch Fehlplanung der Verkehrsplaner. Das Warten am Bahnhof, weil der Zug verspätet eintrifft oder bestreikt wird. Das Warten auf dem Flughafen, weil irgendwas nicht stimmt. Dieses Warten hat erhebliche Auswirkungen auf diepersönlichen Planungen der Verkehrsteilnehmer; daneben entstehen auch wirtschaftliche und umweltbedingte Schäden. Inzwischen hat der Verkehrs-„Kunde" der Bahn und der im Flugverkehr Rechte und Wiedergutmachungsansprüche erworben, sodass die gravierenden Fälle von Zeitdiebstahl schon geahndet werden. Das ist bereits der Einstieg in die juristische Behandlung von Zeitdiebstahl, obwohl zugegebenermaßen gerade im Bahn- und Luftverkehr eine sehr komplexe Infrastruktur und Logistik besteht. In manchen Fällen wird dem Kunden über Lautsprecher und Anzeigetafel sogar „verraten", warum es zu Verspätungen kommt und wie lange diese aller Voraussicht nach sein werden.

Warten muss man auch bei Ämtern aller Art. Der Bürger wurde früher als Bittsteller gesehen und entsprechend abgefertigt. Warten zeigt die Wichtigkeit der Behörde und verschafft dem Wartenden eine gewisse Demut. Es muss anerkannt werden, dass sich viele Ämter in den letzten Jahrzehnten von dieser Einstellung, insbesondere von der organisatorischen Seite aus, verabschiedet haben. Bürgerbüros – auch dezentral in Stadtteilen gelegen – haben das Anfahren und das Warten enorm verringert. Man hat verstanden! Die Bürger hatten auf der politischen Schiene den Zeitdiebstahl verteufelt.

Und nun zu dem Warten bei den Ärzten. Ein Phänomen, das sich im Gegensatz zu den vorgenannten Warte-Varianten stark negativ entwickelt hat. Hier mögen sich die Frustrationen der Ärzteschaft aus den Sozialreformen offenbaren oder das Verhältnis von Angebot (Ärzte) und Nachfrage (Patienten) aus dem Ruder gelaufen sein. Ist nicht ein volles Wartezimmer auch ein Qualitätszeichen für den Arzt? Es kann nicht sein, dass man morgens um 7.30h (in diesem Fall handelte es sich um eine Arztbranche, die stark geräteorientiert arbeitet und natürlich deshalb lange Schichtzeiten hat) anzutanzen hat, um dann fast 1,5 Stunden später vorgelassen zu werden. Soviel unvorhersehbare Zwischen- und Notfälle können an so vielen Tagen gar nicht passiert sein. Über Ursachen der Verzögerung wird man nur in den seltensten Fällen informiert. Sicherlich gibt es bei den Ärzten nicht mehr Schlendriane als in anderen Berufen; sie sind sicher fleißig und Qualität bedeutet für Ärzte natürlich auch Zeit. Aber weiß man nicht, dass Zeittakte von wenigen Minuten pro Patient organisatorisch nicht zu packen sind und man schon am Vormittag „hängt". Auf ausdrückliches Befragen bekommt man generell von der Helferin die Nachricht, dass man ohne Weiteres noch in der Stadt etwas besorgen könnte (deshalb sind auch die meisten Praxen in den verkehrsreichen Innenstädten angesiedelt!). Telefoniert man vorab, um sich nach der aktuell anstehenden Wartezeit zu erkundigen, kriegt man einen Termin für zwei Stunden später genannt; man weiß ja auch nichts mit dem Tag anzufangen. Mein meistgehasster Satz ist: „Da bringen Sie bitte ausreichend Zeit mit!"

Wartezeiten rauben einem nicht nur die Zeit, sinnvollere Dinge zu tun, sondern schaffen Gefahren, weil anschließend die Zeit durch Beeilen wieder reingeholt werden muss. Sie beeinträchtigen das Nervenkostüm – über das beim Arztbesuch notwendige Maß hinaus; im schlimmsten Fall holt man sich auch noch eine (ansteckende) Krankheit des Mit-Wartenden. Falls gutes Lesematerial (sogar für Männer) im Wartezimmer vorhanden ist, so ist ein Gegenwert für den Wartenden – in jedoch minimaler Weise – anzuerkennen. Ähnlich muss man es mit den Spiel-Ecken der kleinen Wartezimmer-Insassen sehen.

Sollte man den Zeitdiebstahl bei Ärzten (und vergleichbaren Institutionen) als Straftatbestand oder mit einer Schadensersatzpflicht versehen, würden sich die Verhältnisse rasch ändern. Das Bewusstsein, dass auch die Patienten Zeitplanungen haben und nicht gerne nutzlos warten, vor allem aber die Notwendigkeit, ein kundenorientiertes Zeitmanagement zu organisieren, würde wachsen. Ärzte sollten zeigen, dass sie nicht nur ihre medizinische Kunst und die finanzielle Seite der Betriebswirtschaftslehre beherrschen, sondern sich auch der Organisationslehre bedienen, um sie für sich und vor allem für die Patienten nutzbar zu machen.

Der Zeitdiebstahl müsste einklagbar sein, wenn grobe Missachtungen feststellbar sind. Mit dem Hinweis, man könne ja den Arzt wechseln, ist es angesichts des begrenzten Angebots und einer weitverbreiteten Verhaltensweise der Ärzteschaft nicht getan. Natürlich nehmen dann – wie bei Flugzeug- und Bahnverspätungen – (zumindest anfangs) die gerichtlichen Auseinandersetzungen zu. Das würde die Gerichte überlasten und es würde zu nicht unerheblichen Wartezeiten führen. Ein funktionierender Rechtsstaat kann nur eine begrenzte Wartezeit vertragen. Man erkennt: Zeitdiebstahl ist ein weit verbreitetes Phänomen, jedoch auch, dass der Schutz vor Zeitdiebstahl zu den Menschenrechten gehören müsste.

Verflucht sei die Hotline

Die betriebswirtschaftliche Logik ist einleuchtend. Der Kunde stört dic Mitarbeiter bei den Produktions- und Dienstleistungsprozessen mit seinen vielen Fragen und Kommentaren. Aber aus Marketinggründen lassen sich die Kundenrückfragen nicht einfach ignorieren; man muss es kanalisieren und – klug gemacht – sogar zu einer zusätzlichen Rentabilitätsquelle machen. Das beste Mittel hierzu ist eine Hotline.

Einen Kauf zu tätigen ist eine leichte Übung. Das Internet und die Werbebotschaften schaffen eine gute Übersicht, personifizierte Adressaten und eine ausgezeichnete Menüführung. Versuchen Sie jedoch einmal nach dem Kauf, Dinge noch zu ändern oder gar zu kündigen. Sie finden keine Kontaktadresse, sie werden im Menü hin und her "geschickt". Es offenbart zwar die Intelligenz der Internetgestalter und Programmierer, aber auch die unethische Gesinnung der Unternehmensführung. Ein fairer Partner gestaltet auch die Prozesse, die nicht unmittelbar und sofort gewinnbringend sind, einfach und durchführbar. Helfen kann man sich nur, indem man vorab prüft, wie die Vertragslaufzeiten sind, welche Wege zu einer rechtmäßigen Kündigung führen und wie bei Vertragsstörungen zu verfahren ist. Nur dann würde das Unternehmen im Sinne einer langfristigen und fairen "Kundenbindung" sich anders aufstellen. Aber oft müssen sie mit einer anonymen Hotlineverbindung zurechtkommen. Hotlines heißen vielleicht deshalb so, weil man zum Schluss zumindest vor Zorn heiße Ohren, zumeist aber auch ein heißes Herz hat.

Und nun zum schlimmsten Fall: eine technische Störung, die nicht direkt der Vertragspartner, sondern der technische Dienstleister – zumeist Monopolist der "alten Welt" – zu erbringen hat. Konkretes Beispiel ist der Internet-Provider, der nicht zum Konzern des technischen Dienstleisters gehört.

Also – oh Schreck, das Internet funktioniert nicht mehr. Alle Kabel und Anschlüsse werden gecheckt. Nichts geht mehr. Vielleicht hilft mal wieder der Brutal-Reset, den Stromstecker ziehen. Wieder einstecken, aber kein Erfolg. Die zweite Chance wählen und Stecker für mehr als eine Stunde herausziehen.

Auch mit längerer Schonzeit stellt sich kein Erfolg ein.
Es bleibt kein anderer Weg, als den über die technische Service-Hotline mit viel Geduld und starken Nerven zu gehen. Die entsprechenden Kunden- und Vertragsnummern und Telefonverbindungen werden zurechtgelegt. Zuerst kommt die freundliche Durchsage des herzlichen Willkommens. Manchmal mit, manchmal ohne Musik oder Werbetext. Dann die Drohung, dass alles aufgenommen werden kann. Man ist geneigt, auch alles selbst mitzuschneiden, hat aber keine Chance für eine solche Mitteilung.

Dann kommen die schwierigsten Entscheidungsprozesse. Man muss zwischen verschiedenen Anliegen durch Zahleneingabe wählen. Untermenüs erfordern erheblichen Zeit- und Konzentrationsaufwand. Schon hier hegt man den Verdacht, dass auf Telefongebühren – Zeit gespielt wird. Beim letzten Untermenüpunkt angekommen wird standardgemäß darauf verwiesen, dass alle Leitungen überlastet sind und man es besser nochmals zu einer anderen Zeit probieren sollte. Nur etwas Stehvermögen gibt dann die Chance einer Verbindung.

Die eingespielten Musikstücke und die immer gleichen Durchsagen sind kaum zu ertragen. Blitzschnell kommt irgendwann eine Dame oder ein Herr in die Leitung, nuschelt ihren/seinen Namen und fragt gekonnt freundlich nach dem Anliegen. Gut, dass ich alle Nummern parat habe und meine Adresse auf Anhieb selbst weiß. Nun beginnt ein Dialog über computertechnische Abklärungen. Die ständigen Wiederholungen und Zwischenresümees treiben die Zeit schnell auf eine Viertelstunde hoch. Dann muss noch seitens des Providers eine interne Abklärung mit einem Experten erfolgen, selbst wenn alles schon geklärt ist. Nervenaufreibende Musik wird für ca. 5 Minuten eingespielt. Dann die erlösende Nachricht: Wir müssen eine Störung aufnehmen. Nun beginnt ein Fragen-Antwort-Spiel, wobei man nicht erkennen kann, ob es denn wichtig ist, dass man das Wohnhaus als Eigentum hat oder nur gemietet. Zum "guten" Schluss erfolgt das Fazit und man erhält das Versprechen, dass man den technischen Bereich des Netzdienstleisters über die Störung sofort benachrichtigt. Aber keine Terminzusage, keine Aktivitätennummer, keine Telefon-, Email- oder Faxadresse. Der Dienstleister werde sich melden; Geduld wäre jedoch erforderlich. Habe ich jetzt was erreicht oder nur 35 Minuten telefoniert? Der Gebührenverdacht verstärkt sich, da die kostenlose Telefondienstleistung nur beim Anruf aus dem eigenen Netz des Providers gilt; ansonsten erfolgt keine Gebührenangabe (also auf Überraschung bis zur nächsten Abrechnung warten!).
Drei Tage später: Eine Anruferin des Netzdienstleisters nennt einen vagen Termin. Übermorgen käme irgendjemand vorbei

zwischen 14 und 20 Uhr vorbei. Eine Eingrenzung ist nicht möglich; eine von mir erwünschte kurze Benachrichtigung eine Stunde vorher sei unzumutbar. Also den Tag und die Stunde herbeigesehnt, wo endlich wieder der PC eingesetzt werden kann. Im Schichtwechsel wartet ein Familienmitglied auf den Besuch oder einen absagenden Anruf. Nichts geschah in diesen 6 Stunden – unglaublich.

Am nächsten Tag wird beim Dienstleister angerufen. Zum Eingangsprozedere des Hotline-Anrufes siehe oben. Die Dame mit dem Terminvorschlag ist natürlich unauffindbar, aber der Angerufene könnte sicherlich helfen. Er ist auch so geschult, dass er sich formgerecht entschuldigt (für die Unzulänglichkeiten seiner Kollegin oder gar der gesamten Firma). Der neue Termin könne natürlich nicht morgen sein, aber übermorgen zwischen 13 und 16 Uhr – was ja schon gegenüber dem letzten Termin eine Eingrenzung um 50 % bedeutet. Wie der Leser schon ahnt, war auch dieser Termin ein leeres Versprechen. Kein Besuch, kein Anruf, keine Mitteilung.

Am Folgetag war ein Durchkommen über die reguläre Anrufprozedur nicht möglich. Irgendwann hatte man einen Mitarbeiter am Telefon, der sich zwar nicht für zuständig erklärte, aber mir aus Mitleid einen Rückruf des Zuständigen in der nächsten Stunde versprach. Wieder ein leeres Versprechen.

Am nächsten Morgen in aller Herrgottsfrühe ein Fax an irgendeine Stelle im großen Netzbetreiberkonzern abgesetzt und die Verzweiflung mitgeteilt. Der Provider kennt kein Fax-Medium; EMails waren ja nicht möglich. Also wieder die verdammte Hotline. Nachdem der Fall mit vielen Rückfragen und viel Verständnis des Angerufenen für den Ärger dargelegt wurde, sollte wieder zeitraubend der technische Sachverständige kontaktiert werden, obwohl es nur um eine Terminklärung mit dem Netzbetreiber ging. Und nun begann das erneute Warten auf irgendeine Reaktion.

Am Ende dieses Tages entdeckte ich rein zufällig, dass der Internetanschluss wieder funktioniert. Der liebe Gott hatte wohl Mitleid mit mir oder der Netzbetreiber hat endlich seine verdammte Pflicht – ohne Hausbesuch – getan.
Hotlines machen hilflos, verzweifelt, zornig, kosten Zeit, Geld und Nerven und machen normale Menschen zu Furien und Rachsüchtigen.

Laute Nachbarschaft

Wir kauften das Einfamilienhaus auch deshalb, weil es etwas Abstand zu den Nachbarhäusern hat und es in unmittelbarer Umgebung ruhig sein soll.

Unsere „Oase der Ruhe" nahm in den letzten drei Jahren erheblichen Schaden. Besonders hat man es auf die Sommermonate abgesehen – im Winter verschanzen wir uns ohnehin bei geschlossenen Türen und Fenster am Kamin und hören nichts von draußen. Also Krach und Lärm (in) der Nachbarschaft lohnt doch nur im Sommer.

Fangen wir mal mit unserer Straße an, ein verkehrsberuhigter „Weg" (ist ja schon besser als „Straße") mit Blumenkübeln und 30er Schildern. In der Bauphase einer Durchgangsstraße in der Nähe hat sich die Stadt entschlossen, aus der Oberflächen – Flickschusterei eine richtige Straße zu machen – mit Kanal, Gas- und Stromleitungen, Kabeln und Bürgersteigen. Sie benötigt für die 1,2 km mehr als zwei Jahre. Unser „Weg" wird als Ausweich-(Renn-)Strecke genutzt, erst als Sackgasse vom Westen her, dann als Einbahnstraße in die andere Richtung. Der Kopf spielt ja – nach kurzer Eingewöhnungszeit – mit, wenn ich aus der Garage rückwärts nach rechts oder links fahren muss. Gewöhnungsbedürftiger sind schon die Ohren, die den PKW- und Bus- und häufig auch den LKW-Verkehr ertragen müssen – von Herrgottsfrühe bis weit nach der Tagesschau-Zeit. Statt täglich 50 Auto müssen wir nun mehr als 500 Autos erdulden. Aber das sei ja nur für einige Monate!

Unsere Nachbarn waren da schon etwas zäher:

Das Nachbarehepaar von gegenüber ist schon über 70 Jahre, hat aber einen starken Renovierungsdrang. Das ganze Haus wurde handwerklich bis auf den Keller und eine einzige Mittelmauer (dies hatte aber kein Archäologe verlangt) „zurückgebaut". Und das überwiegend selbst zu Abend oder an Wochenenden. Das dürfte doch für Pensionäre kein Problem sein! Als nichts mehr stand, kam der große Kran, der mit seinem Ausleger locker unsere Gartenliegen hieven könnte. Schütten und Kreissägen ersetzten bald die Presslufthämmer. Die Bauzeit verdoppelte sich; die Bauherren sahen sich nie in der Lage, den Einzugstermin zu nennen oder wollten uns nicht entmutigen.
Unser Nachbarhaus zur rechten Seite wurde verkauft. Eine junge Familie zog ein, hatte jedoch mit dem Grundriss und der Ausstattung des Hauses sowie dem Garten Probleme. Sie beschäftigten alle Handwerker der Stadt Solingen. Sämtliche Parkplätze vor unserem Haus wurden von den Handwerkern okkupiert. Dass die junge Familie neben dem Kaufpreis vermutlich kein Geld mehr für neue Außenmauern hatte, war für uns dann doch ein Glücksfall. An Geburtstagen – gefühlt 20 Tage im Jahr (4 Hausbewohner, alle Geburtstage im Sommer) zeigten die Gäste – insbesondere die Kinder – was sie stimmlich draufhatten. Ansonsten sind es ja wirklich recht stille Nachbarn.

Dies gilt nicht immer für das hintere rechte Haus. Hier wohnt ein alleinstehender Herr – sein Hauptproblem ist sein Hörvermögen. Leider ist er auch noch fernsehbesessen, insbesondere in den Abend- und Nachstunden. Bei geöffneter Schlafzimmer-

Außentüre höre ich dann die Spätnachrichten zum dritten Male. Besonders interessant sind die Talkshows – für mich eine nächtliche Ratestunde nach den anwesenden Prominenten. Der Herr beschäftigt mich nicht in jeder Nacht, nur dann, wenn ich schlecht in den Schlaf komme. So schleicht sich auch kein Gewöhnungseffekt ein.

Das Haus links hinter unserem Haus war lange eine Ruheinsel. Der Hauseigentümer war kinderlos, hatte eine Zweitwohnung irgendwo weit weg und war gehbehindert. Er war eigentlich so ruhig hinter unserem Haus, dass wir es lange nicht einmal merkten, dass er in unserer Urlaubswoche verstarb. Nun wird das Haus verkauft und wird – wir ahnen es schon – renoviert. Ein Presslufthammer, der eigentümliche Basstöne von sich gibt, rumorte schon einige Samstage. Es ist noch nicht absehbar, was alles noch verändert oder erneuert wird.

Unser Nachbar auf der linken Seite plant keinen Neu- oder Umbau oder Verkauf. Er ist Rentner und handwerklich begabt und macht Vieles selbst – unter anderem auch einen Sandkasten in Schiffsform (auch in Schiffsgröße) Profitieren davon tun die Enkelkindern, die von seinen Kindern des Öfteren dort geparkt werden. Seine Nachbarn zur anderen Seite, haben einen Hund, der lärmmäßig locker die Gartenstrecke zu uns bellend überwinden kann. Sein Bellen wird jedoch von der Hausherrin mit dem Hinweis „Sei still" noch übertönt.
Wir sind Gott sei Dank gewappnet, mit geballter Enkelkinder-Macht zurückzuschlagen. Unsere fünf Enkelkinder – zur Zeit 2,4,9 und 11 Jahre und noch ein gerade geborener Junge – sind in der Lage, uns bei den Nachbarn zu rächen. Leider schaffen sie

es nicht, den Straßenbauverantwortlichen an die Trommelfelle zu kommen.

Wahrscheinlich sind alle Baumaßnahmen beendet, wenn wir einmal das Haus verkaufen werden. Dann können wir aber mit großer Überzeugung behaupten, dass die Käufer in eine ruhige Nachbarschaft ziehen; es gibt nichts mehr zu renovieren.

Wie komme ich nach oben?

Hierzu sollten 11 nicht ganz unsarkastische Regeln aus der Praxis beachtet werden:

1. Wenn Du beim Berufsstart die Chance hast, starte bei einer Holding oder einer (größeren) Muttergesellschaft. Um bei Tochtergesellschaften Führungspositionen zu erhalten, kommst Du mit weniger Aufwand aus als wenn Du in der Tochtergesellschaft arbeiten würdest. Der Stallgeruch oder die Beziehung zu den Managern der Muttergesellschaft zählt nämlich mehr als die Leistung.

2. Komme morgens möglichst spät (ohne aufzufallen) und gehe möglichst spät aus dem Büro (dabei auffallen) . Vielleicht kann man moderne Telefontechnik nutzen; mittels Weiterschaltung wird Büroanwesenheit imitiert. Weise (vorsichtig) Vorgesetzte und (offensiv) Kollegen/Mitarbeiter darauf hin, dass man sie bedauerlicherweise gestern abend leider nicht erreichen konnte.

3. Bringe die Hobbies und Familienverhältnisse von Vorgesetzten und Kollegen in Erfahrung – natürlich ohne dabei aufzufallen. Mache Dich dann auf diesen Feldern schlau, damit du ein versierter Gesprächspartner wirst. Selbstverständlich ignorierst Du die "bad news" , die Du erfährst. Skurrile Hobbies wie Eisstockschießen, Gartenarbeit und Informationen über Trinker in der näheren Verwandtschaft sind unter den Tisch zu kehren oder nur in äußerster Not anzuführen.

4. Riskiere nichts, wenn Du schon was erreicht hast. Je höher du kommst, desto risikoloser solltest Du handeln, da Du nur verlieren kannst. Hunderte Erfolge werden schlicht zur Kenntnis genommen und dann vergessen; ein einziger Fehler kann aber zum Verhängnis werden. Möglichst sich immer bei anderen nachweisbar absichern oder Einstimmigkeitsentscheidungen herbeiführen und dokumentieren, was in größeren Vorständen sehr beliebt ist. Risikobehaftete Aktionen lässt man sich verordnen und weist direkt – möglichst schriftlich – auf die Bedenken hin.

5. Versuche, Dein Gehalt (und die sonstigen geldwerten Vorteile) zu maximieren, denn das Entgelt ist nicht nur der Lohn für gute Arbeit oder eine hochwertige Stelle, sondern auch die Voraussetzung für ein Weiterkommen. Ein Hochbezahlter hat einen guten Job zu bekommen,

6. sonst müsste die Personalabteilung oder der Vorgesetzte Farbe bekennen.

7. Analysiere die Führungsetage. Sollten dort Stelleninhaber sein, die relativ jung und zugleich inkompetent sind oder nicht entwicklungsfähig sind (also nicht gehen werden), ist die vertikale Karriere verbaut. Wenn dann auch nicht "Wegloben" hilft, muss man sich auf die Suche nach einer horizontalen Entwicklung machen, sei es im Ausland oder bei einer Tochtergesellschaft.

8. Sei aktiv oder besser: Erscheine aktiv. Selbst Aktivismus wird positiver gesehen als passives fleißiges Abarbeiten. Dabei kommt es nicht auf nachhaltig zählbare Erfolge an.

9. Versuche, eine gemeinsame "Leiche" im Keller zu haben. Viele Karrieren, insbesondere in der Führungsspitze, haben ihren Ursprung in gemeinsamen Geheimnissen, Misserfolgen oder Hinterlassenschaften. Negatives verbindet oft mehr als Positives und lässt zusammenrücken. Auf Beispiele möchte ich verzichten.

10. Platziere Dich bei einem Headhunter, krieche in seine Kartei hinein. Nehme derartige Anrufe wahr, auch wenn sie noch so unangenehm sind oder Du moralische Bedenken gegen diese Art der Personalakquisition hast. Zumindest kannst Du dann auch ehrlich in der Kantine mitreden, wenn die Kollegen von derartigen Anrufen und Avancen sprechen.

11. Gib nie die Hoffnung auf, Glück zu haben. Trotz negativer Erfahrungen, ist das Leben letztlich gerechter als man glaubt.

Rhetorik siegt!?

Eigentlich reicht der Blick in die Geschichte: Alle großen Männer – zu den Damen kommen wir später – waren große Rhetori-
ker. Die schlimmsten Personen der Historie mit den negativsten
Wertvorstellungen waren rhetorische Talente. Ich verzichte hier
an dieser Stelle auf eine Negativliste.

Auch Gegenwartspolitiker weisen sich durch rhetorisches Talent
aus: Schröder, Lafontaine und Gysi sind noch gut im Gedächtnis. Es ist schon traurig, dass mehr Effekte bei den Leuten durch
die Vortragsweise erzielt werden als durch einen guten Inhalt
oder Gehalt: Worte zählen mehr als Taten! Die täglichen Talkshows zeigen eindrucksvoll, wo die Rhetorik – Talente sind.

Bei Entertainern wie Gottschalk oder Jauch kann man das erwarten. Hier muss die Werteskala telegenen Anforderungen ent-
sprechen. Ohne Rhetorik ist nichts, mit Rhetorik ist aber auch
hier nicht alles.

Als Berufseinsteiger hat wohl jeder die Erfahrung gemacht, dass
die Redetalente in den Besprechungen "das Sagen" haben. In
besonderem Masse trifft dies zu, wenn es um Fremdsprachen
geht. Sie schwingen sich über die Hierarchien hinweg zu Wort-
führern auf. Dabei ertappt man sich dabei, dass eine gewisse
Ehrfurcht auch auf die Inhalte übertragen wird. Wenn jemand
etwas gut formuliert, scheint es doch auch zu stimmen.

Von Natur aus begünstigt sind Kommunikations- und Sprach-
künste beim weiblichen Teil der Bevölkerung besser entwickelt

als bei den Männern. Das Phänomen basiert wohl darauf, dass bei Frauen eine wesentlich kleinere Lücke zwischen der Rhetorik und den Inhalten klafft. Frauen reden oder besser „kommunizieren" zwar viel mehr, die Anzahl der Schwätzer ist jedoch bei den Männern größer.

Die Rhetorik siegt immer – stimmt das wirklich? Sollte man nur auf diese Talente setzen und sich entsprechend trainieren und entwickeln lassen? Muss man sich mit diesem "Naturgesetz" abfinden? Mit der Zeit kommen Inhalte und Gehalte zur Geltung. Das Können schlägt irgendwann die Rhetorik. Das Geschwätz enttarnt sich selbst. Ist der gute Kredit erst einmal verspielt, nützt die gesamte rhetorische Bandbreite nichts mehr; keiner hört mehr zu; die Worte gehen ins Leere. Rhetorik alleine siegt nicht nachhaltig.

Wahlkampf

Vier Tage vor der Bundestagswahl 2013 höre ich einen Mann auf dem Sonnendeck von AIDABlu auf hoher See: Habt ihr schon alle gewählt? Ich habe durch Briefwahl gewählt und zwar eine Partei, die ich bislang noch nie gewählt habe. In einer Talkshow hat mir Gysi so gut gefallen, dass ich diesmal links wählte. Er hat so toll geredet, besser als alle Anderen. Der Mann war überzeugt von seiner „richtigen" Wahl. Talkshows laufen nach strengen (Proporz-) Regeln ab. Die Teilnehmer versuchen es entweder populistisch oder Allgemeinplätzen. Der Eine attackiert barsch, der Andere und hat auch entsprechenden Applaus von der Zuschauerschaft geerntet. Der Mann zeigte sich überzeugt von seiner „richtigen" Wahl.

Diese Leute mit solch einer Rhetorik sollten uns regieren! Auf die Inhalte kommt es sowieso nicht an. Eher schon auf die Farbe der Krawatte, in dem Fall natürlich eine rote. Schröder konnte damit auch glänzen. Gegenüber Gysi hatte Schröder noch ein schönes Haupthaar; Zweifler mussten mit einer gerichtlichen Klage rechnen. Rhetorik, Frechheiten und Populismus lassen einen in Talkshows gut aussehen. Das Fernsehen macht solche Duelle zu Gladiatorenkämpfen. Nicht der Daumen der Kaiserin, sondern die fast gleichzeitige Meinungsumfrage unter 2000 Auserwählten mit einer angeblichen Toleranz von nur 2 %, zeigt das Ergebnis. Ist dies nicht die Rationalisierung und Perfektion der Demokratie? Warum denn noch die übrigen 64,85 Mio Wahlberechtigten befragen mit teuren umständlichen Wahlverfahren.

Zeitungen versuchen verzweifelt, das Fernsehen zu verdrängen. Aber leider nicht mit gut recherchierten Geschichten und fundierten Parteiprogramm-Vergleichen, sondern mit persönlichen Taten oder Untaten oder schwarz-rot-goldenen Damenhalsketten. Das versteht jeder in Sekundenbruchteilen. Die Masse ist zufriedengestellt.

Aber was soll denn der arme Wahlbürger machen? Er könnte sich ja an den Werbespots der Parteien, die im Fernsehen gesendet werden müssen, orientieren. Aber das ist manchmal bestes Kabarett.

Wahlen sind elementar für Demokratien. Wenn man die Wahlkämpfe und die Entscheidungskriterien der Wähler betrachtet, wird einem angst und bange. Die hohe Zahl von Nichtwählern ist auch ein Echo der schlechten Wahlkämpfe.

Wenn die Wahlergebnisse aber immer noch ausreichen, einem auch in den nächsten Jahren einen AIDA-Urlaub zu erlauben, kann alles so schlecht ja nicht sein – zumindest in wirtschaftlicher Hinsicht.

Zeitkritisches

Im letzten Kapitel geht es um Geschichten, die Politik und Gesellschaft betreffen. Sie sollen zum Nachdenken anregen.

Harmlos fängt es an: Mit dem Gehabe um Weihnachten herum. Politischer wird es beim Wahlkampf und bei der Medienkritik über die Publizierung jedweden Terrors. Wie ein bestimmtes Organisationsprinzip zu Katastrophen führen kann, wird analysiert. Die letzten beiden Abhandlungen befassen sich mit der ferneren Zukunft, die bekanntlich leichter vorherzusagen ist wie die nähere Zukunft.

Auch in diesem Kapitel erkennt der Leser, wie heterogen die Geschichten und Abhandlungen sind. Der rote Faden entspringt den Einfällen des Autors aus seinem Leben und Umfeld. Ich habe mich im erheblichen Maße enttarnt.

Weihnachten als Zeitenwende

Viel wichtiger als die Einteilung des Jahres in Jahreszeiten oder in Monate ist die Differenzierung zwischen vor oder nach Weihnachten.

Fragt man so Mitte Oktober einen Zahnarzt nach einem Termin, so wird einem beschieden, dass es vor Weihnachten nicht mehr geht. Versuchen Sie doch einmal im November einen wichtigen Sitzungstermin zu vereinbaren, der noch vor Weihnachten liegen soll, sie werden keinen Erfolg haben. Selbst im Kreise der Verwandten und Bekannten ein Abendessen in einem Restaurant hinzukriegen, klappt selbst bei größter Konzessionsbereitschaft der Befragten sehr selten. Zuletzt scheitert das Vorhaben am Restaurant – der Restaurantbesitzer schaut einen entgeistert an – alles ist seit Wochen reserviert. Für das kommende Jahr könnte jedoch noch gebucht werden; natürlich könne auch ein Termin nach Weihnachten angeboten werden.

Vor Weihnachten trifft man auch möglichst keine Entscheidungen mehr; nur Weihnachtsgeschenke stehen zur Diskussion und Entscheidung an. Gerichtstermine und Verwaltungsakte werden sogar verschoben.

Oder ist es so, dass wichtige Dinge unbedingt bis Weihnachten entschieden sein müssen? Die Regierung muss bis Heiligabend stehen, sonst geht Deutschland unter. Die Bundesliga muss einen Herbstmeister vor Weihnachten haben, sonst klappt die ganze Saisonplanung nicht. Die Formel 1 muss einen Weltmeister haben, weil dieser in Ruhe Weihnachten feiern möchte. Der

Sportler und der Schauspieler des Jahres müssen schon gewählt sein.

Die deutsche Seele verträgt weder Krach noch Ärger vor Weihnachten. Ansprüche, Beleidigungen, Anklagen werden verschoben. Rücksichtnahmen, die man sonst im Laufe des Jahres nicht übt, ist eine „Vorweihnachtspflicht". Bei Kerzenschein in der Adventszeit hat Kritik eine doppelte Negativwirkung. Es lässt sich sicherlich statistisch belegen, dass Entlassungen in Betrieben oder Trennungen in Ehen nicht in der Zeit vor Weihnachten erfolgen. Alles wird in Watte verpackt – nicht nur die Geschenke.

Unbegrenzte Pressefreiheit?

Vorweg: Die Presse- und Meinungsfreiheit ist ein hohes Gut, eine Errungenschaft moderner Demokratien und hat auch im Grundgesetz zu Recht einen bedeutenden Stellenwert.

Aber: Die Presse sollte nicht blind jeder Sensationsmeldung hinterherlaufen. Sie muss sich Gedanken machen, welchen Nutzen und Schaden sie mit Meldungen und Berichten stiftet.

Konkret: Tagtäglich wird in den Medien über Terroranschläge und Morde berichtet, die nur dem Zweck dienen, die Öffentlichkeit zu erreichen. Menschen werden getötet, um eine Meldung zu produzieren. Es kommt den zumeist fanatisierten Tätern eigentlich nicht auf den Tod einer bestimmten Person an, sondern auf eine „Message" in den Medien an die Öffentlichkeit. Je mehr Tote, desto bedeutsamer wird die Meldung. Ab einer bestimmten Mindestanzahl von Toten oder einer besonders spektakulären Tat kommt man dann sogar auf Seite 1 der Printmedien oder in die 20 Uhr – Tagesschau. Der öffentlich inszenierte Mord eines jungen Soldaten auf einer belebten Straße in London oder ein brutaler Mord der ISIS hat nur den Zweck, auf sich und die dahinter stehenden zumeist religiösen Zielen aufmerksam zu machen. Wenn man nicht oder nur sehr eingeschränkt berichten würde, käme sicherlich bei den Tätern Zweifel auf, ob die Tat es auch „wert" gewesen ist. Die Eindämmung solcher Attentate lässt sich nicht mit mehr Polizei oder Militär betreiben, sondern mit der Bekämpfung der Ziele dieser Terroristen.

Wäre dies ein Informationsverzicht oder -nachteil für die Öffentlichkeit? Nein, denn wir sind mit solchen Terrornachrichten oh-

nehin überfüttert. Die Menschen verrohen ob dieser täglichen
Horrornachrichten, mal davon abgesehen, dass solche Meldungen zu Nachahmungen reizen – es ist ja was „Normales“. Es
gibt wohl kaum vernünftige Menschen, die solche Meldungen
vermissen würden. Natürlich sollen den Menschen gesellschaftliche oder religiöse Strömungen und Entwicklungen nicht vorenthalten werden. Dies können gute Journalisten aber auf anderen Wegen bewerkstelligen als über ad-hoc-Horrormeldungen
und Sensationsbilder.
Wägen Sie ab: Folgen wir den Täter – Zwecken oder verzichten
wir auf derartige Nachrichten. Auch die Pressefreiheit muss
Grenzen kennen wie jede (andere) Freiheit auch.

Ein perfekt schlechtes System

Ein Bericht im Spiegel führte es mir vor Augen: Die unbegreifbaren Untaten beim Judenmord im 3. Reich waren nur möglich, weil man das Prinzip der Arbeitsteilung perfektionierte. Die Menschen waren (leider) keine einzelnen Unmenschen oder alles Psychopathen, weil es davon ja nicht so viele geben kann. Nein, das System kam mit „normalen" Menschen aus, weil keiner in die Gesamtverantwortung kam und jedem eine Ausrede zuließ, es nicht überschaut zu haben und er ja nicht anders konnte, als sich im Räderwerk des Systems mitzudrehen. Der Einzelne hätte doch keine Chance gehabt, den Mechanismus aufzuhalten oder gar umzudrehen.

Also man mache einen umfassenden Ablaufplan, zerstückle ihn möglichst mit klaren Schnittstellen, die jedoch keine Transparenz zu den vor- oder nachgelagerten Tätigkeiten zulassen – und das in großer Zahl. Diesen Plan verabschiedet man in der „Führungsspitze" oder im „Management" mit Einstimmigkeit.

Wenige schlimme Beispiele, aber mit demselben Arbeitsteilungssystem lassen sich schnell ausmachen.

Nehmen wir die Bankenkrise. Die Vorstände beschließen einstimmig, eine sehr rentable aber risikobehaftete Anlage zu tätigen. Die nächsten Ebenen sind entweder für den Erwerb, den Verkauf oder für das Risikomanagement zuständig. Der hohe Eigennutz aufgrund von Provisionen oder Boni bringt eine Asymmetrie mit sich, weil die Risiken kleingeredet werden. Variable Gehälter verschärfen den Anreiz, kurzfristige Rentabilität zu präferieren; eine Strafe für spätere Verluste ist dann kaum noch realisierbar. Jeder kommt in einem solchen System seiner Aufgabe (bestmöglich) nach und trotzdem laufen die Dinge schief. Es wird nicht das Richtige getan, sondern die Dinge werden (nur) richtig getan – ein großer Unterschied. Der nachhaltige Gesamterfolg oder die Moral der Gesamtaktivitäten bleibt auf der Strecke. Auch die Aufsichtsräte fühlen sich nicht für das Ganze zuständig, sondern nur für das „Vorgetragene".

Ein anderes Beispiel ist das Schneelast – Unglück in Bad Reichenhall, als dort die Halle einstürzte. Der Architekt war nicht zu kriegen, der Statiker konnte sich exkulpieren, die staatlichen Prüfstellen hatten keine Schuld, der Hausmeister konnte damit nicht rechnen, den Materiallieferanten war nichts nachzuweisen. Also lautet die Regel: Je mehr an dem Unglück Schuld sein könnten, desto weniger Schuldige können gefunden werden.

Ich habe keine Illusion, dass das Prinzip der Arbeitsteilung aufgegeben wird. Seit Henry Ford ist es das bestimmende System mit hoher ökonomischer Vernunft. Das einzige Mittel, die Nachteile dieses Prinzips zu begrenzen, ist Transparenz; über das Gesamte muss aufgeklärt werden, die Zusammenhänge sind darzustellen und zu kontrollieren. Die vor- und nachgelagerten Stellen und Aktivitäten müssen verdeutlicht werden.

Das Ziel besteht dann in der Bestrafung der Schuldigen, nicht weil Rache süß ist. Sondern weil nur durch die Identifikation mit der Tat eine schlichte Exkulpation verhindert wird und jeder bei seinen Handlungen dies antizipieren muss. Jeder hat sich im Gesamtgefüge zu verantworten. Nur so verhindert man – so weit

wie möglich – eine Vielzahl von kleinen oder großen Unglü-
cken.

NB: Das tragische Unglück im Jahre 2010 in Duisburg auf der
Love – Parade sowie die Verantwortung für die NSU-Morde und
die mangelhafte Aufklärung reihen sich hier nahtlos ein.

Energieversorgung 2023

Das Regionalfernsehen gibt am 20.9.2023 bekannt, dass morgen alle Stromkunden im Bergischen Land (also in dem neu geschaffenen Stromversorgungsbezirk 231) von 6.00h bis 22.00h mit Strom versorgt werden. Es bedarf keines besonderen Antrags. Die Wettervorhersage präsentiert uns ausreichend Wind und Sonne.

Wir können planen: Die Wäsche kann endlich mal wieder nass gewaschen werden. Die Zeit davor haben wir sie mit Trockenpulver „gewaschen". Der Herd kann angeschaltet werden; endlich gibt es mal wieder einen Braten mit Soße. Die Notstromversorgung, mit der wir unsere Kühlschränke, Handys, Fernseher und das Licht versorgen, kann mal ruhen; wir sparen Heizölenergie, die noch teurer kommt als der Strom. Das hat auch den Vorteil, dass es im Fernsehen keine Frequenz – Wackler gibt, was immer ausgerechnet bei den Toren im Fußball oder beim Fangschuss des Kriminalkommissars geschieht. Übrigens kann ich für morgen auch die Schwiegereltern aus Köln, die in den nächsten Tagen keinen Strom kriegen, einladen. Morgen am Sonntagvormittag ist das Bundesligaspitzenspiel angesagt; der Spiel-„Tag" ist aus Werbeeinnahmengründen inzwischen auf die gesamte Woche verteilt worden.

Von den Großeltern habe ich gehört, dass in der Bundesliga früher alle zur gleichen Zeit am Samstagnachmittag spielten. Da gab es Konferenzschaltungen, auch ohne Sendestörungen. Man hatte das ganze Jahr über Strom gehabt. Und zu Preisen von unter 20 cts/kWh. Heute ist man froh, wenn einem für einen gesamten Tag Zusagen gegeben werden. Dann ist man so weichgekocht, dass man auch Preise von 1 Euro/Kwh akzeptiert. Profitieren tun davon die Anbieter von Sonnen- und Windenergie. Es sind die neuen Reichen, wohlgenährt durch die immer höheren Stromzuschüsse. Etwas paradox, wenn sie bald Reichensteuer bezahlen müssen; die rechte Hand gibt, die linke Hand nimmt es.

Es soll Zeiten gegeben haben, da gab es einen richtigen Strom- und Energiemarkt. Da wurden noch Kraftwerke gebaut – die Ruinen sind noch zu besichtigen. Versorgungsengpässe gab es nicht, die Luft war sauberer als jetzt mit den Notstromaggregaten und die Preise (ohne Staatsabgaben) hatten noch nicht das Niveau einer 2. Miete. Aber es waren Monopole, die den Energiemarkt beherrschten; das passte nicht
mehr in die „neue Ökonomie" der Regierungen und der EU. Die Erzeugung musste dezentralisiert und die Stromnetze mussten verstaatlicht werden. Hat alles lange gedauert, aber der Staat hat sich – gegen alle Widerstände und Warnungen und sogar Vernunft – durchgesetzt. Die Schlagzahl der Eingriffe in den Markt verstärkte sich von Jahr zu Jahr. Juristen und Wirtschaftsberater haben gut daran verdient.

Für die nächste Wahl hat eine Partei eine verrückte Idee geäußert: Man sollte den Strommarkt wieder liberalisieren, die staatlichen Fesseln ablegen. Die Älteren reagierten mit Enthusiasmus; die Jüngeren halten so etwas für unmöglich und machen sich lustig darüber. Es klappt doch alles. Nächste Woche haben wir doch auch wieder Strom. Die Minderbemittelten können wegen der hohen Preise beim Sozialamt Anträge auf Beihilfe stellen. Das ist doch alles kein Problem. Aber doch eines: In der nächsten Woche ist Champions-League angesagt. Hoffentlich werden wir wieder versorgt oder wir müssen uns einen technisch besseren teuren Notstromgenerator kaufen oder in einen anderen Stromversorgungsbezirk reisen.

Das Jahr 3000

Vor 1000 Jahren hätte man nie und nimmer voraussagen können und vielleicht auch nicht wissen wollen, was sich im Jahr 2000 abspielt. Ich glaube, es ist jedoch um ein Vielfaches schwieriger, heute am Silvestertag des Jahres 2000 die Welt in 1000 Jahren zu beschreiben.

Erdgeschichtlich ist dies ein winzig kleiner Zeitabschnitt; die Erde – ganz alleine gelassen – sähe ohne uns Menschen nicht entscheidend anders aus. Aber was machen wir Menschen nun in den nächsten 1000 Jahren daraus?

Ich denke nicht, dass uns sämtliche Rohstoffe zum Leben ausgehen oder der nicht konsequente Umweltschutz uns das Genick bricht; die Erde wird dies ausgleichen oder absorbieren können. Als problematisch sehe ich hingegen die an und für sich bisher segensreiche technologische Entwicklung, weil sie die Menschen – sogar die Menschheit – letztlich überfordert. Beispielsweise schafft die Kommunikationstechnik ein Überwachungs- und Kontrollsystem, das sehr leicht missbraucht werden kann (Orwell wird dann Recht bekommen). Statt Personalausweise, Scheck- und Bahnkarten hat man ein Chip im Arm eingepflanzt („tut ja gar nicht weh"), weil dies fortschrittlich und rationell ist.

Oder nehmen wir die medizinischen Fortschritte. Natürlich ist es schön und praktisch, seine maladen Körperersatzteile zu klonen und zu lagern. Jedoch ist dies nur für diejenigen erschwinglich, die dies bezahlen können („mit steuerlicher Absetzbarkeit"). Ab wann ist man noch der alte reparierte Mensch, ab wann ist man ein „Neuer". Unter diesen Definitionsproblemen werden dann die Statistiker leiden.

Greifen noch die alten Sozialsysteme mit einem Mindestmaß an Solidarität? Eine Single-Welt ohne Kinder (stattdessen nur noch Hunde) wird orientierungs- und verantwortungslos. Was machen wir mit den vielen alten Menschen?

Vielleicht findet man mit den „Fortschritten" auch immer die Lösungen für die damit verbundenen Probleme – wie prinzipiell ja in den tausend Jahren davor. Vielleicht reicht nur die Fantasie dafür jetzt nicht aus oder der Optimismus ist zu klein.
Ich hoffe es!

Nachwort

Es soll Leser geben, die zuerst die letzte Seite lesen. Hier lohnt es sich nicht. Ich kann Ihnen weder einen überführten Mörder bieten noch berichten, dass sie sich in der Liebesromanze endlich „gekriegt" haben.

Ich hoffe, dass dem Leser eine gewisse Trauer beschleicht. Nicht, weil ich traurige Geschichten erzählt habe, sondern weil es zu Ende ist. Wenn es Ihnen gefallen hat und neue Nahrung benötigt wird, ermutigen Sie mich. Mir macht es dann sicherlich Spaß, für Nachschub zu sorgen – das Leben stellt es jederzeit bereit.

Wenn Sie mir noch eine Freude machen wollen, nennen Sie mir Ihre Lieblingsgeschichte.